Un certain sourire

Un certain sourire

by Françoise Sagan

Copyright ⓒ Julliard, 1956
All rights reserved.
Korean translation copyright ⓒ 2007 by Sodam&Taeil Publishing House.
Korean edition is published by arrangement with Editions Julliard
through Imprima Korea Agency.

이 책의 한국어판 저작권은 Imprima Korea Agency를 통해 Editions Julliard와의 독점
계약으로 소담출판사에 있습니다. 저작권법에 의해 한국 내에서 보호를 받는
저작물이므로 무단 전재와 무단 복제를 금합니다.

Un certain sourire
어떤 미소

펴 낸 날	2007년 12월 21일 초판 1쇄
	2022년 2월 15일 개정판 1쇄
지 은 이	프랑수아즈 사강
옮 긴 이	최정수
펴 낸 이	이태권
책임편집	안여진
책임미술	박은정
펴 낸 곳	소담출판사
	서울특별시 성북구 성북로5길 12 소담빌딩 301호 (우)02880
	전화 l 02-745-8566 팩스 l 02-747-3238
	등록번호 l 1979년 11월 14일 제2-42호
	e-mail l sodambooks@naver.com
	홈페이지 l www.dreamsodam.co.kr
ISBN	979-11-6027-286-4 04860
	979-11-6027-283-3 04860 (세트)

• 책 값은 뒤표지에 있습니다.
• 잘못된 책은 구입하신 곳에서 교환해드립니다.

Françoise Sagan

어떤 미소

프랑수아즈 사강 지음 | 최정수 옮김

Un certain Sourire

소담출판사

차례

제1부 ——————— 9
제2부 ——————— 95
제3부 ——————— 137

작품 해설 ——————— 201
역자 후기 ——————— 207

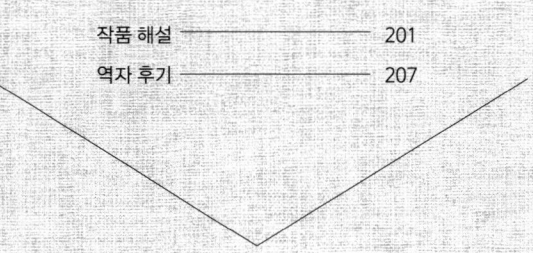

플로랑스 말로에게

사랑은
서로 사랑하는 두 사람 사이를 지나가는 어떤 것이다.

로제 바이양

제1부

1

 우리는 생 자크 거리의 한 카페에서 그날 오후를 보냈다. 다른 오후들과 똑같은, 봄날의 오후였다. 나는 내심 조금 지루해하고 있었다. 베르트랑이 스피르의 강의에 대해 이야기하는 동안, 나는 전축 쪽에서 창가로 옮겨갔다. 그때 내가 전축에 몸을 기댄 채 레코드판이 사파이어 바늘에 맞춰 비스듬히 자리를 잡기 위해 천천히, 마치 뺨을 맞대듯이, 거의 부드럽게 올라오는 모습을 바라보았던 것이 기억난다. 그리고 왠지 모르지만 나는 강렬한 행복감에 사로잡혔다. 넘쳐흐르는 육체적 직관. 언젠가는 내가 죽게 될 거라는, 크롬으로 된 이 전축 가장자리에 내 손이 더 이상 올려지지 않을 거라는, 내 눈 속에 이 햇빛을 더는 담지 못할 거라는 느낌이 들었다.

 나는 베르트랑에게 몸을 돌렸다. 그가 나를 바라보았고, 내 미소를 보고는 몸을 일으켰다. 그는 내가 자기 없이도 행복할 수 있다는 것을 인정하지 않았다. 내 행복은 우리 두 사람 공동의 삶의 중요한 순간들에만 가능한 것이어야 했다. 나는 그것을 희미하게 알고 있었다. 하지만 그날 나는 그 사실을 견딜 수가 없었고 그 사실을 외면했다. 피아노가 〈론 앤드 스위트(Lone and Sweet)〉의 테마를 그려냈다. 클라리넷이 피아노와 교대했다. 나는 이 부분을 숨 쉬는 부분 하나하나까지 알고 있었다.

나는 작년 시험 때 베르트랑을 만났다. 내가 부모님 집에 여름을 보내러 가기 전까지, 우리는 몹시 불안해하며 함께 일주일을 보냈다. 마지막 날 밤, 그가 나에게 키스를 했다. 나중에 그는 내게 편지를 썼다. 처음엔 아무렇지도 않게. 그리고 어조가 변했다. 나는 어조의 이러한 점진적 변화를 일종의 어떤 열기에 휩싸여 따라갔다. 그건 그가 이렇게 썼을 때였다. '나는 이런 고백이 우스꽝스럽다고 생각해. 하지만 내가 너를 사랑하는 것 같아.' 나 역시 그에게 똑같은 어조로 그리고 거짓 없이 대답할 수 있었다. '그런 고백은 우스꽝스러워. 하지만 나도 너를 사랑해.' 이 대답은 자연스럽게 내게서 흘러나왔다. 차라리 음성학적으로 튀어나왔다고 보는 게 맞을 것이다. 욘(프랑스 중부에 위치한 지방 이름—옮긴이) 가장자리에 있는 내 부모님의 저택에는 기분 전환거리가 별로 없었다. 나는 강둑으로 내려가 수면에서 일렁이는 노란 물풀 무더기를 잠시 바라보았다. 그런 다음 닳아서 매끈매끈해진 조그만 돌멩이 몇 개로 물수제비뜨기를 했다. 검은 돌멩이들은 마치 제비처럼 날렵하게 물 위를 날아갔다. 그해 여름 내내, 나는 '베르트랑'을 마음속으로, 미래형으로 되뇌었다. 어떤 의미에서 보면, 편지들로 열정의 일치를 본다는 것은 퍽이나 나다운 일이었다.

지금 베르트랑은 내 뒤에 있다. 그가 나에게 잔을 내밀었다. 나는 몸을 돌려 그를 마주 보았다. 그는 내가 그들의 토론 자리에 함께하지 않는 것을 늘 조금 기분 상해했다. 나는 책 읽는 것을 좋아했다. 하지만 문학에 대해 토론하는 것은 지루했다.

그는 그 사실에 익숙해지지 못하고 있었다.

"너는 늘 같은 곡을 올려놓더라. 기억해둬. 나는 이 곡이 참 좋아."

그가 말했다.

마지막 말을 할 때 그의 목소리는 밋밋했다. 그리고 나는 우리가 이 레코드판을 처음으로 함께 들었던 때를 떠올렸다. 나는 늘 그에게서 내 기억 속에 간직하지 못했던 감상적인 사소한 발작들을, 우리 관계의 지표들을 발견하곤 했다. 갑자기 이런 생각이 들었다. '그는 나에게 아무것도 아니야. 그는 나를 따분하게 해. 나는 모든 것에 무관심해. 나는 아무것도 아니야. 아무것도. 완전히 아무것도 아니야.' 그러자 터무니없는 열광의 감정이 내 목구멍을 가득 메웠다.

베르트랑이 말했다.

"나, 여행가인 외삼촌을 만나러 가야 해. 너도 갈래?"

그가 앞으로 지나갔고, 나는 그를 따라갔다. 나는 그 여행가 외삼촌을 알지 못했고, 알고 싶지도 않았다. 하지만 내 속에는 이 젊은 남자의 말끔히 면도된 목덜미를 따라가게 만드는 어떤 것, 나로 하여금 저항하지 않고, 생선처럼 차갑고 미끌거리는 사소한 생각들을 지닌 채 늘 그를 따라가게 만드는 어떤 것이 있었다. 그리고 어떤 상냥함도. 나는 베르트랑과 함께 대로로 내려갔다. 우리의 발걸음은 밤에 우리의 육체가 그렇듯 일치되었다. 그가 내 손을 잡았다. 우리는 마치 인형들처럼 보잘것없고 즐거웠다.

대로를 따라가는 동안 내내 그리고 우리를 실어가 여행가 외삼촌을 만나게 한 버스 안에서도 난 베르트랑이 무척 좋았다. 울

퉁불퉁한 길 때문에 내 몸이 펄쩍 솟아올라 그에게 던져졌다. 그가 웃더니 보호하려고 한쪽 팔로 나를 감싸안았다. 나는 그의 웃옷에 몸을 기대고, 내 머리를 기대기에 너무나 편안한 이 남자의 어깨 위에 머리를 기댔다. 나는 그의 냄새를 들이마셨다. 나는 그 냄새를 잘 알고 있었고, 그 사실이 나를 감동시켰다. 베르트랑은 내 첫 애인이었다. 내가 내 몸의 고유한 냄새를 알게 된 것은 그의 몸 위에서였다. 사람은 늘 다른 사람의 몸 위에서 자신의 몸을, 그것의 길이를, 자신의 향기를 알게 된다. 처음엔 경계심을 갖고, 나중엔 고마워하면서.

베르트랑은 내게 그가 별로 좋아하지 않는 듯 보이는 여행가 외삼촌에 대해 이야기했다. 그는 내게 여행이라는 외삼촌의 희극에 대해 이야기했다. 베르트랑은 언제나 다른 사람들에게서 희극을 찾아내곤 했기 때문이다. 게다가 베르트랑은 자신이 스스로 의식하지 못한 채 희극을 연기하게 되지 않을까 하는 두려움 속에서 살았다. 나에게는 희극적으로 보이는 것. 그를 화나게 하는 것.

여행가 외삼촌은 카페 테라스 좌석에서 베르트랑을 기다리고 있었다. 외삼촌을 알아본 나는 베르트랑에게 그가 전혀 나쁘게 보이지 않는다고 말했다. 우리는 이미 그에게 가까이 다가선 상태였다. 그가 자리에서 일어났다.

베르트랑이 말했다.

"뤽 외삼촌, 내 여자친구 도미니크와 함께 왔어요. 도미니크, 이쪽은 내 외삼촌 뤽이야. 여행가셔."

나는 기분 좋은 놀라움을 느꼈다. 나는 속으로 생각했다. '뭐든 할 수 있겠네, 이 여행가 외삼촌.' 그는 잿빛 눈을 가졌고 피곤한 기색이었다. 거의 슬퍼 보이기까지 했다. 어떤 관점에서 보면 잘생긴 사람이었다.

"지난번 여행은 어땠어요?"

베르트랑이 물었다.

"아주 나빴어. 보스턴에서는 진절머리나는 사건들을 연속적으로 처리해야 했지. 구석구석마다 먼지 풀풀 나는 법학자 나부랭이들이 대기하고 있었거든. 아주 지루했어. 넌 어땠니?"

"우린 두 달 있으면 시험을 봐요."

베르트랑이 말했다.

그는 굳이 '우리'라고 말했다. 그것이 바로 소르본 대학의 부부(夫婦) 같은 측면이었다. 학생들은 마치 아기 키우는 일에 대해 말하듯 시험에 대해 이야기했다.

외삼촌이 내게 몸을 돌렸다.

"당신도 시험을 쳐요?"

"네."

나는 모호하게 대답했다(나는 행동을 할 때, 그것이 아주 사소한 것일지라도 조금 창피해하곤 했다).

"담배가 없네요."

베르트랑이 말했다.

그가 자리에서 일어났고 나는 눈으로 그를 좇았다. 그는 빠르고, 유연한 태도로 걸어갔다. 때때로 나는 저 근육들, 반사작용들, 보송보송한 피부의 총체가 내 소유라고 생각했고, 그것이 내게는 놀라운 선물로 여겨졌다.

"시험은 그렇고, 그 밖에 뭘 하며 지내죠?"

외삼촌이 물었다.

"아무것도요. 그리 대단한 일은 없어요."

내가 말했다.

나는 낙담의 표시로 한 손을 들었다. 그가 그 손을 공중에서 낚아챘다. 나는 말문이 막혀 그를 쳐다보았다. 잠시 동안, 내 머릿속에는 이런 생각이 스쳐 지나갔다. '이 사람 내 마음에 드는 걸. 이 사람은 조금 늙었어. 그리고 내 마음에 들어.' 하지만 그는 웃으며 내 손을 다시 테이블 위에 올려놓았다.

"손가락에 잉크가 많이 묻었군. 좋은 징후요. 당신은 시험에 통과할 거고 뛰어난 변호사가 될 거예요. 말이 많은 편은 아닌 것 같지만 말이오."

나는 그와 함께 웃기 시작했다. 그와 친해질 필요가 있었다.

하지만 베르트랑이 벌써 돌아왔다. 뤽이 그에게 이야기를 했다. 나는 그들이 하는 말에 귀를 기울이지 않았다. 뤽은 천천히 말을 했고, 손이 컸다. 나는 속으로 생각했다. '이 남자는 나 같은 부류의 어린 여자애들에겐 유혹적이야.' 나는 이미 경계하고 있었다. 그가 다음다음 날 그의 아내도 함께하는 점심 식사에 우리를 초대했을 때 약간의 불쾌함을 느꼈을 정도로.

2

뢱의 집에서 점심 식사를 하기 전, 나는 꽤 지루한 이틀을 보냈다. 사실, 내가 달리 할 일이 뭐가 있었겠는가? 대단한 결과를 가져오지 않을 듯싶은 시험 공부를 조금 했고, 내 입장에서는 이렇다 할 상호 소통 없이 베르트랑의 사랑을 받으며 햇빛 아래를 이리저리 끌려다녔을 뿐이다. 한편으로, 나는 그를 매우 좋아했다. 신뢰감, 상냥함, 존중심은 내게 경시할 만한 것으로 보이지 않았고, 나는 열정에 대해서는 거의 생각하지 않았다. 참된 감정의 이러한 부재는 나에겐 살아가는 가장 정상적인 방법으로 여겨졌다. 사는 것, 사실 그것은 가능한 만족스럽기 위해 채비를 갖추는 것이다. 그리고 그건 그다지 쉽지 않다.

나는 여대생들만 받는, 일종의 하숙집에서 살고 있었다. 하숙집의 규율은 너그러웠고, 나는 새벽 한 시나 두 시에도 수월하게 귀가할 수 있었다. 천장이 낮은 내 방은 크고 휑뎅그렁했다. 최초의 내 실내장식 계획이 빠르게 사라져버렸기 때문이다. 나는 실내장식에 대해서는 바라는 것이 거의 없었다. 그것이 나를 불편하게 하지만 않는다면. 하숙집 안에는 내가 아주 좋아하는 시골 냄새가 가득 차 있었다. 내 방 창문은 낮은 담장으로 막혀 있는 정원을 향해 나 있고, 정원 위에는 파리로부터 홀대받는, 가장자리가 늘 잘린 하늘이 웅크리고 있었다. 하늘은 때때로 길 또는 발코니 위의 감동적이고 감미로운 경치를 회피하며 쏜살같이 달아나버리곤 했다.

나는 아침에 일어나서 강의를 들으러 갔다. 베르트랑을 만났고, 함께 점심을 먹었다. 소르본 대학의 도서관, 영화들, 공부, 카페의 테라스 좌석, 친구들이 있었다. 저녁이면 우리는 춤을 추러 갔다. 혹은 베르트랑의 집으로 가서 그의 침대에 길게 드러누웠다가 사랑을 나눴고, 그런 다음엔 어둠 속에서 오랫동안 이야기를 나눴다. 나는 만족스러웠다. 내 안에는 늘 뜨겁고 살아 움직이는 짐승 같은 권태에 대한 취미가, 고독에 대한 취미가, 때로는 열광에 대한 취미가 존재했다. 나는 아마도 내 간에 이상이 있나 보다고 생각했다.

그 주 금요일, 점심 식사를 하러 뤽의 집에 가기 전에 나는 카트린의 집에 들러 삼십 분쯤 시간을 보냈다. 카트린은 활기차고, 독선적이고, 언제나 사랑에 빠져 있었다. 나는 그녀의 우정을 선택했다기보다는 참아내고 있었다. 그녀는 나를 상처입기 쉬운 사람, 마치 뇌관이 떼어진 지뢰처럼 대했고, 나는 거기서 즐거움을 느꼈다. 심지어 그녀가 신기하게 보이는 때도 자주 있었다. 나의 무심함은 카트린이 보기에 시적(詩的)인 것이 되어버렸다. 요구하는 것이 너무나 많은 갑작스러운 소유욕이 베르트랑을 사로잡기 전에, 베르트랑의 눈에 오랫동안 카트린이 그렇게 보였던 것처럼.

그날 카트린은 사촌 형제 한 명에게 홀딱 빠져 있었다. 그녀는 나에게 그 목가적인 연애에 대한 긴 이야기를 들려주었다. 나는 카트린에게 베르트랑의 친척 집에 점심을 먹으러 갈 거라고 말했고, 그 순간 내가 뤽에 대해 조금 잊고 있었다는 사실을 깨달았다. 나는 그 사실이 안타까웠다. 나는 왜 카트린에게 해줄 순진하고 기나긴 사랑 이야기 하나쯤 갖고 있지 않은 것인가? 그러나 카트린은 그 사실에 대해 놀라지도 않았다. 그 정도로 우리는 상호간의 역할에 이미 익숙해 있었던 것이다. 그녀는 이야기하고 나는 듣고, 그녀는 충고하고 나는 듣는 둥 마는 둥 하고.

이 방문은 나를 의기소침하게 만들었다. 나는 큰 감흥 없이 뤽의 집으로 갔다. 심지어 겁도 났다. 이야기를 하고, 싹싹하게 굴고, 즐기고 있는 것처럼 보여야 할 테니까. 나는 혼자서 점심을 먹고 싶었다. 두 손으로 머스터드 소스 그릇을 들고 요리조리 돌리고 싶었다. 멍하게 있고 싶었다. 멍하게, 완전히 멍하게…….

뤽의 집에 도착해보니 베르트랑은 벌써 와 있었다. 그가 나를 외숙모에게 소개했다. 그녀는 아주 선한 사람이 지니는 환한 분위기를 풍겼고, 얼굴도 아주 예뻤다. 키가 크고, 조금 통통한 편이었으며, 금발이었다. 어쨌든 미인이었다. 그리고 공격적인 데가 없었다. 나는 생각했다. 이 여자는 많은 남자가 소유하고 싶어 하고 곁에 두고 싶어 하는 여자, 남자들을 행복하게 해주는 여자, 온순한 부류의 여자라고. 나는 온순한 여자일까? 그건 베르트랑에게 물어봐야 할 터였다. 물론 나는 그의 손을 잡았고, 큰 소리로 고함을 치지도 않았고, 그의 머리칼을 쓰다듬어주기도 했다. 하지만 단지 큰 소리를 내는 게 싫었고, 내 손들이 그의 머리칼을 좋아했을 뿐이다. 짐승의 털처럼 따뜻하고 숱이 많은 그 머리칼을.

프랑수아즈는 매우 친절했다. 그녀는 호화로운 그들의 아파트를 나에게 보여주었고, 마실 것을 따라주었으며, 활달하면서도 사려 깊은 태도로 나를 안락의자에 앉게 했다. 조금 낡고 모양이 변한 스커트와 스웨터 때문에 느끼고 있던 내 불편한 마음이 누그러졌다. 우리는 일하고 있는 뤽을 기다렸다. 뤽의 직업에 관심이 있는 척해야 할 것 같다는 느낌이 들었다. 그것은 내가 결코 하고 싶다고 생각한 적이 없는 일이었다. 나는 실은 이렇게 묻고 싶었다. "당신들은 사랑하나요? 당신들은 어떤 책을 읽나요?" 그러나 나는 그들의 직업에 대해 묻지 않았다…… 그들에게는 종종 가장 중요한 것일 그것에 대해.

"당신, 걱정거리라도 있는 것처럼 보여요. 위스키 좀 더 마실래요?"

프랑수아즈가 웃으며 말했다.

"좋죠, 주세요."

"도미니크는 술꾼으로 유명해요. 왜 그런지 아세요?"

베르트랑이 말했다.

그는 자리에서 벌떡 일어나 거드름을 피우며 내 옆으로 다가왔다.

"도미니크는 윗입술이 조금 짧거든요. 도미니크가 눈을 감고 술을 마시면 스카치와는 상관없이 열에 들뜬 표정이 돼요."

이 말을 하면서 그는 엄지와 검지 사이에 내 윗입술을 쥐었다. 그는 그런 내 모습을 강아지를 보이듯 프랑수아즈에게 보여주었다. 나는 웃음을 터뜨렸고, 베르트랑은 나를 좋아해주었다. 뤽이 들어왔다.

그를 봤을 때, 나는 한 번 더, 이번에는 일종의 고통을 느끼며 그가 무척 잘생겼다고 생각했다. 그러자 내가 가질 수 없는 모든 것에 대해 그렇게 느끼듯, 정말로 조금 아픔이 느껴졌다. 나는 빼앗는 취미는 거의 없었다. 하지만 그 대목에서 불현듯 나는 그 얼굴을 내 두 손에 쥐고 손가락으로 힘을 주어 세게 누르고 싶다는, 조금 긴, 그 탐스러운 입을 내 입에 대고 지그시 누르고 싶다는 생각이 들었다. 하지만 뤽은 미남이 아니었다. 사람들이 앞으로 내게 자주 그렇게 말할 터였다. 그러나 딱 두 번 본 이 얼굴을 이루고 있는 이목구비에는 베르트랑의 얼굴보다 훨씬 덜 낯설게 느껴지고 베르트랑의 얼굴보다 훨씬 더 탐나는, 그리고 내 마음에 드는 뭔가가 있었다.

그가 들어와서, 우리에게 인사를 하고 자리에 앉았다. 그는 놀랄 정도로 부동자세로 꼼짝 않고 앉아 있었다. 그의 느린 몸짓 속에, 보는 사람의 마음을 조이게 하는 그의 육체의 방기 속에,

긴장되고 절제된 뭔가가 있었다고 나는 말하고 싶다. 그가 프랑수아즈를 상냥하게 바라보았고, 나는 그를 바라보았다. 우리가 했던 이야기에 대해서는 잘 기억이 나지 않는다. 베르트랑과 프랑수아즈가 특히 이야기를 많이 했다. 한편으로 나는 그 전조(前兆)들을 다시 떠올리는 것에 조금 공포를 느낀다. 그때 내가 뤽에게서 도망치려 했다면 조금의 신중함과 약간의 공간만으로 충분했을 것이다. 반대로, 나는 그로 인해 행복해지는 그 첫 순간이 무척이나 기다려졌다. 그 첫 순간을 묘사한다는 생각, 말의 무기력함을 한순간이나마 깨뜨린다는 생각만으로도 나는 쓸쓸하면서도 초조한 행복감으로 가득 찼다.

이윽고 뤽 그리고 프랑수아즈와 함께하는 점심 식사가 끝이 났다. 그런 다음엔 길에 나와서 뤽의 발걸음에 보조를 맞추게 되었다. 뤽의 걸음이 빨랐고, 나는 베르트랑의 발걸음을 잊어버렸다. 내가 길을 잘 건너도록 뤽이 내 팔꿈치를 붙잡았다. 나는 난처했다. 그랬다는 게 기억난다. 나는 내 팔을 어떻게 해야 할지, 팔 끝에 늘어진 채 버려져 있는 손을 어떻게 해야 할지 알 수가 없었다. 마치 내 팔이 뤽의 손이 닿은 부분부터 죽어버리기라도 한 것처럼. 내가 베르트랑과 함께 어떻게 했는지 더는 생각이 나지 않는다. 나중에 프랑수아즈와 뤽이 우리를 어느 의상실에 데려가, 나에게 다갈색 모직 외투를 한 벌 사주었다. 나는 그 사실을 미처 알아채지 못했고, 깜짝 놀란 나머지 거절하지도, 고맙다고 말하지도 못했다. 뤽이 거기에 들어서자마자 일은 이미 매우 빠르게 벌어졌고, 급격히 진행되었다. 그렇게 시간이 마치 번개처럼 흘러가버렸고, 다시 몇 분, 몇 시간이 담배와 함께 흘러갔다.

베르트랑은 내가 그 외투를 받은 것 때문에 화가 났다. 그들과 헤어진 후에, 베르트랑은 내게 그 화를 폭발시켰다.

"이건 정말이지 믿을 수가 없는 일이야. 넌 어떤 사람이 무엇을 사줘도 거절하지 않고 넙죽 받을 거야! 심지어 너는 그것에 대해 놀라지도 않을 거라고!"

"어떤 사람이 아니야. 네 외삼촌이야! 게다가 난 죽었다 깨어나도 직접 돈을 내고 이 외투를 사진 못할 거야. 엄청나게 비싼 거잖아."

내가 불성실하게 대꾸했다.

"내 생각에, 넌 그게 없어도 사는 데 아무 지장이 없어."

그가 한 이 마지막 말은 내게 조금 충격이었다. 지난 두 시간 동안 나에게 완벽하게 잘 어울리는 이 외투에 익숙해 있었기 때문이다. 내게는 베르트랑의 이해력을 벗어나는 일종의 논리가 있었다. 나는 베르트랑에게 그것을 말했고, 우리는 말다툼을 했다. 끝으로 그가 나를 자기 집으로 데려갔다. 저녁은 먹지 않았다. 일종의 벌이었다. 그를 위한 벌. 나는 그것이 그의 하루 중 가장 강렬한 순간, 가장 가치 있는 순간이라는 것을 알고 있었다. 그는 내 옆에 누워서, 일종의 경의를, 떨림을 표하며 내게 키스를 했다. 그것은 나를 감동시키는 동시에 두렵게 했다. 나는 우리 포옹이 주는 최초의 거침없는 즐거움을, 젊은이답고, 동물적인 측면을 더 좋아했다. 하지만 그가 내 위에 누웠을 때, 그가 초조하게 내 몸을 탐색했을 때, 나는 그 아닌 다른 것들을, 우리의 이중의 중얼거림을 잊었다. 그것은 다시 베르트랑이었고, 불안이었고, 기쁨이었다. 어느 정도의 빈정거림을 담아 성찰해보면, 본질을 상기하지 않고, 내가 가진 것이 무엇이든, 내 추론에 대해, 내 느낌에 대해, 내가 할 수 없는 것에 대해 생각할 때, 오늘까지도, 특히 오늘은 더 육체의 이 행복, 이 망각이 믿을 수 없는 선물로 여겨진다.

3

 또 다른 저녁 식사들이 있었다. 넷이서, 혹은 뤽의 친구들과 함께한. 그리고 프랑수아즈가 친구들 집에 열흘 동안 지내러 갔다. 나는 벌써 그녀를 좋아하고 있었다. 그녀는 사람들을 극도로 주의 깊게 대했고, 대단한 선의를 지녔으며, 그 선의 속에는 침착한 확신이 있었다. 그리고 때에 따라 자신이 사람들을 이해하지 못하는 것이 아닐까 하는 두려움을 보여주었는데, 그것이 무엇보다도 내 마음에 들었다. 그녀는 대지와 같았다. 대지처럼 사람을 안심시켰고, 때로는 어린아이 같았다. 뤽과 그녀는 함께 많이 웃었다.
 우리는 리옹 역까지 그녀를 배웅했다. 나는 처음보다는 덜 겁먹었고, 거의 느긋한 상태였다. 말하자면, 완전히 즐거웠다. 왜냐하면 내 권태의 전적인 사라짐—이것에 대해 나는 감히 아직 뭐라고 이름을 붙이지 못했는데—이 나를 기분 좋게 변화시켰기 때문이다. 나는 활기를 찾았고, 때로는 익살을 부리기도 했다. 이러한 상태가 영원히 지속될 수 있을 것처럼 여겨졌다. 나는 뤽의 얼굴에 익숙해졌고, 때때로 그가 나에게 안겨주는 급격한 흥분들은 미학이나 애정의 영역에 속하는 것인 듯 여겨졌다. 기차 승강구에서 프랑수아즈가 미소를 지었다.

그녀가 우리에게 말했다.

"이 사람을 부탁해요."

기차가 출발했다. 돌아오는 길에 베르트랑이 자신에게 분개할 구실을 제공하는, 내가 모르는 어떤 정치–문학 잡지를 사기 위해 걸음을 멈췄다. 갑자기 뤽이 내게 몸을 돌리고는 매우 빠르게 말했다.

"내일 우리 저녁 식사 함께할까?"

나는 그에게 이렇게 대답하려고 했다. '알았어요. 베르트랑에게 물어볼게요.' 하지만 그가 내 말을 잘랐다. "전화할게." 그런 뒤 그는 우리와 합류하러 오는 베르트랑에게로 몸을 돌렸다.

그가 베르트랑에게 물었다.

"무슨 잡지를 샀니?"

"내가 사려는 게 없었어요."

베르트랑이 대답했다.

"도미니크, 우리 지금 강의를 들으러 가야 해. 서둘러야 할 것 같아."

뤽은 내 팔을 잡고 있었다. 베르트랑이 내 허리를 껴안았다. 뤽과 베르트랑은 경계하는 눈빛으로 서로 바라보았다. 나는 당황한 채 가만히 서 있었다. 프랑수아즈는 떠났고, 모든 것이 혼돈스럽고 거슬렸다. 뤽이 보여준 이 최초의 관심 표현에 대해 나는 나쁜 기억을 간직했다. 왜냐하면, 이미 말했듯이 나는 훌륭한 눈가리개를 하고 있었기 때문이다. 갑자기 나는 하나의 성벽(城壁)으로서 프랑수아즈를 다시 만나고 싶었다. 나는 우리가 형성했던 이 사인조가 부정한 토대 위에 놓인 것이라는 사실을 이해했고, 그 사실이 나를 낙담하게 만들었다. 왜냐하면 쉽게 거짓말을 하는 사람 대개가 그렇듯이 나 역시 분위기에 민감했고, 그 속에서 내 역할을 충실하게 연기했기 때문이다.

"내가 두 사람을 데려다주지."

뤽이 아무렇지도 않게 말했다.

그는 덮개가 없고 속도가 빠른 자동차를 갖고 있었고, 운전을 잘했다. 가는 동안 우리는 아무 말도 하지 않았다. 단지 헤어지면서 "그럼 또 봐요."라고만 말했을 뿐이다.

"어쨌든 프랑수아즈가 떠나서 한 짐 덜었어. 늘 똑같은 사람들만 만나며 살 수는 없는 거잖아."

베르트랑이 말했다.

이 말은 우리의 계획에서 뤽을 배제시켰다. 그러나 나는 베르트랑에게 그 사실을 주지시키지 않았다. 나는 신중해졌던 것이다.

"그런데 저 사람들 역시 조금 늙었지, 안 그래?"

나는 대답하지 않았고, 우리는 에피쿠로스의 윤리학에 관한 브렘의 강의에 들어가 앉았다. 나는 한동안 꼼짝 않고 강의를 들었다…… 뤽이 나와 단둘이 저녁을 먹기를 원하고 있었다. 아마도 그것이 이 행복의 원인인 것 같았다. 나는 의자 위에 놓인 손가락을 쫙 폈고, 입가에 억누를 수 없는 웃음이 비죽이 번지는 것을 느꼈다. 나는 베르트랑이 보지 못하도록 고개를 돌렸다. 일 분쯤 그러고 있었다. 그런 다음 속으로 생각했다. '너 우쭐했구나. 당연한 일이지.' 다리를 끊고, 출구를 봉쇄한다. 나 자신을 빼앗기지 않는다. 나는 늘 젊은이의 좋은 반사신경을 갖고 있었다.

다음 날 나는 뤽과의 저녁 식사가 우스꽝스럽고 의미 없으리라는 판단을 내렸다. 나는 분위기가 열정적으로 불타올라 그 자리에서 내 마음을 고백하는 장면을 상상했던 것이다. 그는 조금 늦게, 방심한 표정으로 도착했고, 나는 그가 즉흥적인 이 대면에 약간의 동요를 보여주기만을 바랐다. 그러나 그는 그런 기색을 전혀 보이지 않은 채 조용하고 여유롭게 이런저런 것들에 대해 이야기했고, 결국 나도 그런 분위기에 동참하게 되었다. 아마도 그는 나를 아주 편안하게, 조금도 지루하지 않게 해준 최초의 사람일지 모른다고 생각했다. 잠시 후, 식사를 하면서 그가 나에게 춤을 추러 가자고 제안하더니 나를 '소니스'로 데려갔다. 거기서 그의 친구들을 만났고, 우리와 합류했다. 허영스럽게도 그가 잠시나마 나와 함께 고독을 나누기를 열망하고 있다고 믿었다니, 내가 어리석은 풋내기라는 생각이 들었다.

또한 나는 우리 테이블에 있는 여자들을 보면서 내게 우아함과 반짝임이 부족하다는 사실을 자각했다. 한마디로 말해, 언젠가 내가 그렇게 되리라 상상했던 치명적인 매력을 가진 젊은 아가씨의 자질이 내겐 부족했다. 자정이 가까워오자, 자기 옷을 숨기고, 자신을 예쁘게 봐주는 베르트랑의 이름을 속으로 부르는 실의에 빠진 누더기 옷밖에 남아 있지 않았다.

뤽의 친구들이 축제 다음 날 느끼는 아쿠아셀제(강장제 또는 소화제로 먹는 일종의 의약품—옮긴이)의 고마움에 대해 이야기했다. 그러니까 세상에는 아쿠아셀제를 먹고 다음 날 아침에 자신들의 몸을 신기한 장난감으로 여기는, 즐거워하며 그것을 사용하고 열심히 돌보는 일련의 존재들이 있는 것이다. 나는 책, 대화, 걸어서 하는 산책을 끊어야 했을까. 그리고 돈이 주는 쾌락, 경박함과 다른 흥미진진한 오락이 주는 쾌락의 기슭에 도달해야 했을까. 그럴 수 있는 수단들을 갖는 것 그리고 아름다운 하나의 대상이 되는 것. 뤽은 그런 것들을 좋아했을까?

그가 미소를 띠며 나를 돌아보더니, 춤을 추자고 청했다. 그는 두 팔로 나를 껴안더니, 부드러운 몸짓으로 내 머리를 자기 턱에 기대게 하여 자세를 잡았다. 우리는 춤을 추었다. 나는 내 몸에 밀착되어 있는 그의 몸을 의식했다.

"당신, 저 사람들이 따분하다고 생각하지, 그렇지 않아? 저 여자들 모두 꽤나 짹짹거린다고 말이야."

그가 말했다.

"나는 제대로 된 나이트클럽에 대해서 잘 몰라요. 어쨌든 눈이 부시네요."

그가 웃음을 터뜨렸다.

"도미니크, 당신 재미있는 사람이군. 무척 기분 좋게 하는 사람이야. 나가서 좀 더 이야기를 합시다, 이리 와요."

우리는 소니스를 나왔다. 뤽은 나를 마르뵈프 거리에 있는 어느 바로 데려갔고, 우리는 본격적으로 술을 마시기 시작했다. 내가 위스키를 좋아하기도 했지만, 내게 그것은 이야기를 좀 할 수 있는 유일한 방법이라는 것을 나는 알고 있었다. 곧 뤽이 유쾌하고, 유혹적이고, 전혀 무섭지 않은 남자로 보였다. 심지어 그에 대한 스스럼없는 애정까지 느껴졌다.

그래서 우리는 아주 자연스럽게 사랑에 대해 이야기하게 되었다. 그는 나에게 그것은 좋은 거라고, 사람들이 주장하는 것보다는 덜 중요하지만, 행복해지려면 충분히 뜨겁게 사랑받고 스스로를 사랑해야 한다고 말했다. 나는 고개를 끄덕였다. 그가 나에게 자신은 매우 행복하다고, 왜냐하면 그가 프랑수아즈를 많이 사랑하고 프랑수아즈도 그를 많이 사랑하기 때문이라고 말했다. 나는 그를 축하해주었다. 그것이 놀랍지 않다고, 프랑수아즈와 그는 매우, 매우 좋은 사람들이라고 확신하면서. 나는 처연한 기분에 빠져들었다.

"거기에 덧붙여서, 만약 내가 당신과 연애를 할 수 있다면 그야말로 금상첨화일 텐데."

뤽이 말했다.

나는 바보스럽게 웃었다. 어떻게 반응해야 좋을지 알 수가 없었다.

"그럼 프랑수아즈는요?"

내가 물었다.

"프랑수아즈, 아마도 그녀에게 말을 하게 되겠지. 당신도 알겠지만 그녀는 당신을 좋아해."

"하지만 그건…… 그러니까, 잘은 모르겠지만, 사람들은 그런 일을 아내에게 말하지 않잖아요……."

나는 화가 났다. 한 상태에서 다른 상태로 쉬지 않고 숨가쁘게 넘어가는 일은 결국 나를 고갈시켰다. 뤽이 나에게 자신의 침대로 가자고 제안하는 것은 내가 보기에는 놀랄 만큼 자연스러운 일인 동시에 놀랄 만큼 부적절한 일이었다.

뤽이 심각하게 말했다.

"어떤 관점에서 보면 그 말도 일리는 있지. 하지만 난 우리 사이에 한정시켜서 말하는 거야. 평소에 내가 어린 여자아이를 좋아하지 않는다는 건 신께서도 아시지. 하지만 우리는 같은 부류의 사람들이야. 요컨대, 그것이 그렇게 어리석은 일은 아닐 거라는 걸 말하고 싶군. 그리 흔해빠진 일도 아닐 거고 말이야. 오히려 아주 드문 일이지. 그러니 잘 생각해봐."

"알았어요. 생각해보죠."

내가 말했다.

내가 애처로운 표정을 지었는지, 뤽이 내게 몸을 숙이더니 내 한쪽 뺨에 입을 맞췄다.

"내 가여운 아기, 당신 측은히 여기기 딱 좋은 상태로군. 아직도 초보적 윤리에 대한 어떤 개념 같은 걸 갖고 있는 건가. 하지만 당신은 나만큼이나 그런 것과는 거리가 멀지. 당신은 상냥하고, 프랑수아즈를 아주 좋아하지. 그리고 베르트랑과 함께 있을 때보다 나와 함께 있을 때 덜 따분해해. 아! 바로 그거야!"

그가 웃음을 터뜨렸다. 나는 당황스러웠다. 나중에 뤽이 자신이 말한 대로 상황을 요약하기 시작했을 때, 나는 줄곧 가슴이 찔리는 것을 느꼈던 것 같다. 하지만 나는 그가 그것을 알아차리도록 내버려두었다.

그가 말했다.

"그건 아무것도 아니야. 사물의 질서 속에서 정말로 중요한 것은 아무것도 없어. 나는 당신을 아주 좋아해. 당신을 아주 좋아한다고. 우리 두 사람이 함께하면 아주 즐거울 거야. 오직 즐겁기만 할 거야."

"난 당신이 싫어요."

내가 말했다.

나는 음울한 목소리로 이 말을 했고, 우리는 함께 웃기 시작했다. 삼 분 동안 성립된 이러한 공모 관계는 나에게는 석연치 않게 여겨졌다.

뤽이 말했다.

"이제 당신을 데려다줄게. 시간이 늦었어. 아니면 당신만 원한다면 해 뜨는 걸 보러 베르시(파리 동쪽, 12구에 있는 구역 이름. 남쪽으로 센 강이 흐른다—옮긴이) 강변으로 가도록 하지."

우리는 베르시 강변까지 갔다. 뤽이 자동차를 세웠다. 장난감들 사이에 앉아 있는 슬픈 어린아이처럼 센 강 여울목에 내려앉은 하늘은 흰빛이었다. 하늘은 흰빛인 동시에 잿빛이었다. 하늘은 해를 밀어내고 있었고, 죽어 있는 집들 위로, 다리와 고철들 위로 천천히, 끈질기게, 아침마다 고군분투를 하고 있었다. 뤽이 내 옆에서 부동의 옆모습을 보인 채 아무 말 없이 담배를 피웠다. 나는 그를 향해 한 손을 내밀었고, 그는 그 손을 잡았다. 그리고 우리는 내 하숙집으로 다정하게 돌아왔다. 문 앞에서 그가 내 손을 놓았고, 나는 차에서 내렸으며, 우리는 서로 마주 보고 미소를 지었다. 나는 내 방 침대 위에 쓰러져, 옷을 벗어 옷걸이에 걸고, 스타킹을 빨아야 한다고 생각했다. 그리고 잠이 들어버렸다.

4

 나는 풀어야 할 급박한 문제가 있는 듯한 괴로운 느낌과 함께 잠을 깼다. 뤽이 나에게 제안한 것은 결국 하나의 게임, 유혹적인 게임이 분명했기 때문이다. 하지만 그 게임은 베르트랑에 대한 충분히 견고한 감정을 파괴시키는 것은 물론, 나 자신에 대해 당혹스럽고 신랄한 감정을 갖게 할 터였다. 내가 그 일시적 연애에, 뤽이 나에게 제안한 그 결연한 일시적 연애에 반대하더라도 말이다. 그리고 만약 내가 짧은 그 모든 열정, 모든 관계를 이해하지 못했다면, 나는 그것을 미리, 하나의 필요성처럼 받아들일 수 없었을 것이다. 절반의 연극 속에서 사는 모든 사람처럼, 나도 나에 의해 쓰인 연극만을 나 혼자서 견딜 수 있었던 것이다.

 게다가 나는 잘 알고 있었다. 이 게임─만약 게임이 존재한다면, 서로 정말로 좋아하는, 그리고 자신들의 고독에서 결함을, 심지어 일시적 바람기까지 차례로 읽어낼 수 있는 두 사람 사이에 이 게임이 존재할 수 있다면—은 위험했다. 나를 실제의 나 자신보다 더 강하게 만드는 어리석은 짓은 불필요했다. 내가 '길들여지는' 날부터, 프랑수아즈가 말한 것처럼 뤽에 의해 전적으로 받아들여지고 용인되는 날부터 나는 고통 없이는 그를 떠날 수 없을 터였다. 베르트랑은 나를 사랑하는 것 말고 다른 것은 할 수 없었다. 나는 베르트랑에 대한 애정을 품은 채 속으로 그렇게 생각했다. 하지만 나는 주저 없이 곧 뤽을 생각했다. 결국, 적어도 젊은 사람들은, 인생 본연의 모습인 이런 긴 속임수 속에서 무분별한 행동만을 절박하게 바라는 것이다. 게다가 나는 아무것도 결정해본 적이 없었다. 나는 늘 선택되는 쪽이었다. 한 번 더, 되어가는 대로 나를 내맡기지 못할 이유가 뭐란 말인가? 뤽의 매력, 일상의 지루함, 저녁들이 있을 터였다. 모든 것이 저절로 되어갈 터였다. 알려고 노력하는 건 소용없는 짓이었다.

나는 이 평온한 체념의 흐름에 몸을 맡겼다. 나는 베르트랑을, 친구들을 다시 만났다. 우리는 함께 퀴자스 거리로 점심을 먹으러 갔다. 하지만 지극히 일상적인 이 모든 것이 내게는 비정상적인 것으로만 느껴졌다. 내가 있어야 할 진정한 자리는 뤽의 옆이었다. 베르트랑의 친구인 장 자크가 꿈꾸는 듯한 내 표정에 대해 농담을 건넸을 때, 나는 그 사실을 희미하게 느꼈다.

"말도 안 돼, 도미니크. 너 사랑에 빠진 거지! 베르트랑, 너 이 넋 나간 아가씨에게 무슨 짓을 한 거야? 이 클레브 공작부인(1678년 발표된, 라파예트 부인이 쓴 유명한 연애소설의 등장인물. 어머니의 권고로 클레브 공작과 결혼한 여주인공은 우연히 만난 느무르 공작을 정열적으로 사랑하게 되자, 의무감과 정열 사이에서 고민한다—옮긴이)에게?"

"난 전혀 모르는 일인데."

베르트랑이 말했다.

나는 그를 쳐다보았다. 그는 얼굴이 붉어져 있었고 내 눈길을 피했다. 사실, 그것은 믿을 수 없는 일이었다. 지난 일 년 동안 내 공범이자 동료였던 남자가 갑자기 이렇게 적이 되어버리다니! 나는 그를 향해 몸을 움직였다. 나는 그에게 이렇게 말하고 싶었다. '베르트랑, 너에게 확실히 말하는데, 넌 괴로워할 필요가 없어. 그건 너무 안된 일이야. 나는 그런 거 싫어.' 어리석게도 나는 이런 말까지 덧붙이고 싶었다. '그 여름날들, 그 겨울날들, 너의 방을 떠올려봐. 그 모든 게 삼 주 만에 파괴될 수는 없어. 그건 말도 안 돼.' 나는 베르트랑이 그것을 내게 강하게 확신시켜줬으면, 그가 나를 안심시켜줬으면, 그가 나를 다시 붙잡아줬으면

했던 것이다. 그는 나를 사랑하니까. 하지만 그는 그런 남자가 아니었다. 어떤 남자들에게서는, 그리고 뤽에게서는 베르트랑이나 베르트랑처럼 아주 젊은 남자들이 갖지 못한 어떤 힘이 느껴졌다. 하지만 그것은 경험의 문제만은 아니었다…….

"도미니크를 피곤하게 만들지 마. 이리 와, 도미니크. 남자들은 야만적이야. 우리 커피나 마시러 가자."

카트린이 평소처럼 독선적인 말투로 말했다.

밖에서 그녀가 나에게 설명했다. 사실 그런 것은 별로 중요하지 않다고. 베르트랑은 내게 애착이 많고, 나는 급변하는 그의 사소한 기분에 대해 일일이 걱정할 필요가 없다고. 나는 그 말에 토를 달지 않았다. 친구들과 함께 얼굴을 마주하고 있을 때 베르트랑이 모욕을 당하지 않는 편이 나았으니까. 나는 그들의 잡담이, 남자애, 여자애 사이의 이야기들이, 소위 사랑에 빠진 어린애의 장난들이, 그들의 드라마들이 역겨웠다. 그러나 베르트랑이, 베르트랑의 괴로움이 있었고, 그것은 사소한 것이 아니었다. 모든 것이 너무나 빠르게 진행되었다! 내가 이제 막 베르트랑을 저버렸을 뿐인데, 그들은 이미 그것에 대해 토론을 벌이기 시작했고, 멋대로 해석하고 자극함으로써, 내가 상황에 거칠게 대처

하여 악화시키게 했다. 일시적인 방황에 불과할 수도 있는 그것에 대해.

"넌 이해 못해. 문제는 베르트랑이 아니야."

내가 카트린에게 말했다.

"아, 그래?"

그녀가 외쳤다.

나는 카트린에게 몸을 돌렸고, 그녀의 얼굴에서 지대한 호기심을, 충고하고 싶어 하는 열망을, 탐욕스러운 표정을 보았다. 그래서 나는 웃음을 터뜨릴 수밖에 없었다.

"나 수도원에 들어갈까 봐."

내가 정색을 하고 말했다.

그러자 카트린은 놀라지도 않고 삶의 즐거움들에 대한, 조그만 새들, 태양 등등에 관한 긴 토론을 펼쳐냈다. "내가 내버려두려 했던 그 모든 것을 생각하면 얼마나 터무니없었는지!" 그녀는 목소리를 낮춰 속삭이면서 육체의 쾌락에 대해서도 이야기했다. "그것도 꼭 말해야겠어…… 그것 역시 중요하거든." 한마디로 말해, 내가 정말로 수도원에 들어갈 생각을 했다면, 그녀는 인생의 즐거움들에 대한 묘사로 나를 종교 속으로 밀어넣었을 것이다. 어떤 사람에게 인생이 곧 '그것' 인 게 가능한 일일까? 왜냐하면 나의 경우엔 사는 것이 지루하다면, 적어도 열정적으로 지루했기 때문이다. 게다가 그녀는 상투적인 논거를 들이대며 여자들의 가증스러운 잡다한 사연과 상세한 속내이야기를 꺼낼 태세였기 때문에, 나는 그녀를 보도에 붙박아두고 경쾌하게 떠나버렸다. 나는 활달하게 생각했다. '카트린도 지워버리자. 카트린도, 그녀의 열성도.' 나는 거의 사납게 콧노래를 흥얼거렸다.

나는 한 시간쯤 산책을 하고 가게 여섯 군데에 들어가 스스럼없이 모든 사람과 이야기를 나누었다. 나는 내가 아주 자유롭고 유쾌하다고 느꼈다. 파리는 내 것이었다. 파리는 거리낌 없는 사람들, 스스럼없는 사람들의 것이었다. 나는 늘 그것을 느끼고 있었다. 하지만 잔인하게도 내게는 스스럼없는 태도가 부족했다. 그러나 이번에 이 도시는 내 것이었다. 반짝반짝하고 눈에 확 띄는 내 아름다운 도시, '다른 사람들과 상관이 없는' 도시. 나는 기쁨에서 나올 수 있는 어떤 것에 의해 고양되어 있었다. 나는 빠르게 걸었다. 초조함의 무게가, 손목에서 맥박치는 피의 무게가 느껴졌다. 나는 내가 젊다고, 터무니없이 젊다고 느꼈다. 이 미친 행복의 순간에, 나는 내 슬픔들에 의해 되풀이해서

뇌까려진 사소하고 보잘것없는 진실들보다 훨씬 더 분명한 하나의 진실에 도달했다는 느낌이 들었다.

나는 옛날 영화를 상영하고 있는 샹젤리제의 한 영화관으로 들어갔다. 젊은 남자 한 명이 내 옆자리에 앉았다. 힐끗 쳐다보니 괜찮아 보였다. 아마도 금발 같았다. 곧 그가 자기 팔꿈치를 움직여 내 팔꿈치에 갖다댔고, 한 손을 신중하게 내 무릎으로 옮겨왔다. 나는 그 손을 공중에서 낚아채 내 손 안에 꼭 붙잡았다. 나는 웃고 싶었다. 초등학교 여학생이 웃는 것처럼. 어두운 영화관 안의 추잡한 남녀의 사연들, 남몰래 하는 포옹, 수치심, 그런 것들이 다 뭐지? 나는 낯모르는 젊은 남자의 뜨거운 손을 내 손 안에 쥐고 있었지만, 이 젊은 남자를 어떻게 해야 할지 떠오르는 것이 하나도 없었다. 나는 웃고 싶었다. 그가 내 손 안에서 자기 손을 돌려 빼내더니 천천히 내 무릎을 향해 움직여왔다. 나는 그가 하는 행동을 일종의 호기심을 갖고, 두려움을 갖고, 그리고 격려하는 마음으로 지켜보았다. 그처럼 나 역시 내 자존심이 일깨워질까 봐 두려웠다. 그리고 다음 순간, 나는 내 자신이 기진맥진해서 안락의자에서 일어나는 늙은 여자가 된 것처럼 느껴졌다. 심장이 조금 뛰었다. 이건 마음의 동요 때문일까, 아니면 영화 때문일까? 영화는 훌륭했다. 우리는 친구가 없는 사람들을 위해 시시한 영화들에도 홀 하나를 헌정해야 할 것이다. 젊은 남자가 뭔가 묻는 듯한 얼굴을 내게 향했다. 스웨덴 영화였고, 화면이 밝았다. 남자가 꽤 잘생겼다는 것을 알 수 있었다. 그가 얼굴을 내 얼굴 쪽으로 조심스럽게 가져오는 동안 나는 생각했다. '꽤 잘생겼어. 하지만 내 스타일은 아니야.' 나는 잠시 우리 뒤에 있는 사람들에 대해 생각했다. 그들이 어떻게 생각할까…… 그는 키스를 잘했다. 하지만 그와 동시에 엉큼하고 바보스럽게도, 지금까지 내가 거부하지 않은 것을 이용해 무릎을 밀착시키고 손을 계속 뻗어 좀 더 많이, 좀 더 깊이 애무하려고 시도했다. 나는 일어나서 밖으로 나갔다. 그는 내가 왜 그러는지 전혀 이해하지 못하는 듯했다.

나는 다시 샹젤리제 거리 위에 있었다. 입술 위에 낯선 입의 맛을 느끼면서. 그리고 집에 돌아가서 새 장편소설을 한 권 읽기로 마음먹었다.

사르트르의 아주 아름다운 책 『철들 나이』였다. 나는 행복한 마음으로 그 책에 열중했다. 나는 젊었고, 한 남자가 내 마음에 들었다. 그리고 또 다른 남자가 나를 사랑하고 있다. 나는 젊은 여자의 바보 같고 사소한 갈등 하나를 해결해야 했다. 나는 그것의 중요성을 깨닫고 있었다. 또한 결혼한 한 남자가 있고, 다른 여자가 있었다. 사인조의 아주 사소한 게임이 파리의 봄 속에서 시작되고 있었다. 나는 이 모든 것을 메마르고 아름다운 방정식, 소원대로 파렴치한 방정식으로 만들어버리고 있었다. 게다가 나는 놀랄 만큼 느긋해졌다. 나는 앞으로 올 그 모든 슬픔, 갈등, 기쁨 들을 받아들였다. 나는 조롱하면서 모든 것을 미리 받아들였다.

  나는 독서를 했다. 저녁이 되었다. 책을 내려놓고 팔에 머리를 기댄 채 자줏빛에서 잿빛으로 변해가는 하늘을 바라보았다. 갑자기 나 자신이 연약하고 무장해제된 것처럼 느껴졌다. 내 인생이 흘러가고 있었다. 그런데 나는 아무것도 하지 않고 있었다. 나는 비웃었다. 내 뺨에 누군가 기대어오면 나는 그를 붙잡아둘 것이다. 나는 그를 내 몸에 대고 사랑의 비통한 격렬함으로 꽉 껴안을 것이다. 나는 베르트랑을 탐낼 만큼 충분히 파렴치하지 못했다. 그러나 행복한 모든 사랑을, 열광적인 모든 만남을, 모든 노예 상태를 탐낼 만큼은 충분히 슬펐다. 나는 일어나서 밖으로 나갔다.

5

 이어진 이 주 동안, 나는 뤽과 함께 여러 번 외출했다. 하지만 늘 그의 친구들과 함께였다. 그들은 대개 여행가들로, 이야깃거리를 갖고 있고, 머릿속에 무척 재미있는 생각들을 지니고 있었다. 뤽은 빠르고 우스꽝스럽게 이야기했고, 호의 어린 눈빛으로 나를 바라보았다. 그렇게 방심한 동시에 쫓기는 듯한 분위기가 지속되었고, 그래서 나는 그가 나에게 정말로 관심이 있는 것인지 늘 의심했다. 그는 나를 하숙집 문 앞까지 바래다주었고, 떠나기 전에 자동차에서 내려 내 뺨에 가볍게 키스했다. 그는 나에게 갖고 있다고 말했던 그 욕망에 대해 더는 이야기하지 않았고, 나는 그것이 한편으로는 안심되고 한편으로는 실망스러웠다. 마침내 그가 나에게 다음다음 날 프랑수아즈가 돌아올 거라고 알려줬고, 나는 최근의 이 주가 꿈처럼 흘러갔다는 것과 내가 쓸데없는 생각을 품었다는 것을 깨달았다.

우리는 아침에 역으로 프랑수아즈를 데리러 갔다. 베르트랑은 없었다. 그는 열흘 전부터 나에게 삐쳐 있었다. 나는 그 사실이 유감스러웠다. 하지만 내 마음에 드는 한가하고 나른한 삶을 이어나가기 위해 그것을 이용했다. 나는 나를 만나지 못해서 그가 불행하다는 것을 알고 있었고, 그 사실은 내가 진정한 나 자신이 되는 데 방해가 되었다.

프랑수아즈가 활짝 웃으며 도착해 우리를 포옹하고는 우리 안색이 굉장히 안 좋다고, 하지만 그럴 만도 하다고 외쳤다. 우리가 뤽의 누님, 그러니까 베르트랑의 어머니 집에서 주말을 보내자는 초대를 받았기 때문에 그렇다는 얘기였다. 나는 초대를 받지 않았다고, 게다가 나는 베르트랑과 사이가 조금 틀어진 상태라고 이의를 제기했다. 뤽이 누님은 자기를 짜증나게 한다고 덧붙였다. 프랑수아즈가 모든 것을 정리했다. 베르트랑이 나도 초대하라고 자기 어머니에게 이미 부탁했다는 것이다.

"아마도 그 틀어진 사이를 회복하려고 그런 것 같네요."

프랑수아즈가 웃으며 말했다. 그리고 뤽에 대해 말하자면, 때때로 가족의식을 가질 필요가 있다는 것이었다.

그녀가 웃으며 나를 바라보았고, 나도 상냥하게 보이려고 애쓰며 그녀를 향해 웃어주었다. 그녀는 살이 올라 있었다. 그녀는 강한 편이었지만 지극히 따뜻한 사람이고, 남을 잘 믿었다. 그래서 나는 뤽과 나 사이에 아무 일도 일어나지 않았고, 전처럼 이렇게 셋이서 함께 행복할 수 있을 거라는 생각에 기분이 좋아졌다. 나는 베르트랑을 다시 만날 터였다. 사실 베르트랑은 나를 그렇게 따분하게 하지는 않았다. 그는 교양이 있었고, 똑똑한 남자였다. 그리고 뤽과 나, 우리는 현명한 사람들이었다. 하지만 자동차 안에서 뤽과 프랑수아즈 사이에 앉아 있는 동안, 나는 내가 포기해버린 사람을 바라보듯이 잠깐 그를 바라보았고, 그러자 아주 불쾌한, 괴상하고 흐릿한 내적 동요가 느껴졌다.

날씨 좋은 어느 저녁, 우리는 파리를 떠나 베르트랑의 어머니 집으로 갔다. 나는 그녀의 남편이 그녀에게 아주 예쁜 시골집을 남겨주었다는 사실을 알고 있었고, 주말을 보내러 어떤 곳에 간다는 생각은, 그때까지 실제로 내가 겪어볼 기회가 없었던 말에 대한 속물근성을 만족시켜주었다. 베르트랑이 내게 자기 어머니는 아주 싹싹한 사람이라고 말했다. 이 말을 하면서 그는 젊은 이들이 자기 부모에 대해 이야기할 때 자신의 진짜 인생은 다른 곳에 있음을 표현하기 위해 즐겨 짓는 방심한 표정을 지었다. 나는 새로 산 리넨 바지 값 생각에 골몰해 있었다. 카트린의 바지는 내게 통이 너무 넓었던 것이다. 새 바지를 산 탓에 내 재정 상태가 위태로웠다. 하지만 나는 만약 필요가 발생하면 뤽과 프랑수아즈가 내 필요를 충족시켜주리라는 것을 알고 있었다. 나는 내 자신이 쉽게 그 사실을 받아들인다는 것에 놀랐다. 하지만 나는 자기 자신과 사이가 좋은 모든 사람처럼, 적어도 사소한 일들에 대해서는 내가 폐를 끼친다는 생각보다는 그들의 너그러운 친절에 중점을 두었다. 하기야 다른 사람들의 장점을 받아들이는 것이 자신의 단점을 찾아내는 것보다 더 건강한 태도였다.

뤽이 프랑수아즈와 함께 생 미셸 대로에 있는 한 카페로 우리를 데리러 왔다. 그는 이번에도 피곤하고 조금 슬퍼 보였다. 고속도로에 들어서자, 그는 굉장히 빠르게, 거의 위험할 정도로 빠르게 운전하기 시작했다. 베르트랑은 공포 때문에 미친 듯이 웃어댔고, 나도 곧 거기에 동참했다. 우리가 웃는 소리를 듣고 프랑수아즈가 뒤를 돌아보았다. 그녀는 자신의 생명을 보호하기 위한 것일지라도 감히 항의 같은 것을 하지 못하는, 매우 싹싹한 사람들이 짓는 당황스러운 표정을 하고 있었다.

"왜들 웃는 거죠?"

"젊은 사람들이잖아. 스무 살, 아직은 미친 듯이 웃을 나이지."

뤽이 말했다.

이 말이 왜 나를 불쾌하게 했는지 잘 모르겠다. 나는 우리를, 베르트랑과 나를 커플로, 그것도 어린아이 커플로 대하는 뤽의 방식이 싫었다.

"그건 신경질적인 미친 웃음이었어요. 당신이 너무 빠르게 운전을 해서 마음이 놓이지 않아서 그렇잖아요."

내가 말했다.

"나와 함께 가도록 하지. 내가 너에게 운전하는 법을 가르쳐 줄 테니까."

그가 나에게 공공연히 반말을 한 것은 이번이 처음이었다. 아마도 사람들이 실언이라고 부르는 그것일 거야, 나는 생각했다. 프랑수아즈가 뤽을 힐끗 쳐다보았다. 그러자 실언이라는 내 생각이 우스꽝스럽게 여겨졌다. 나는 감춰둔 비밀을 드러내는 실언, 가로채는 눈길, 한눈에 알아채는 직감을 믿지 않았다. 소설들 속에는 언제나 나를 놀라게 하는 문장이 하나 있었다. '그리고 불현듯 그녀는 그가 그녀에게 거짓말을 하고 있다는 것을 눈

치 챘다.'

우리는 목적지에 도착하고 있었다. 갑자기 뤽이 어느 작은 길로 방향을 틀었고, 나는 베르트랑에게로 쓰러졌다. 베르트랑이 나를 꽉 붙잡았다. 단단하고 부드럽게. 나는 그게 무척 거북하게 느껴졌다. 그러고 있는 우리의 모습을 뤽이 보는 것을 견딜 수 없었다. 그건 천하게 여겨졌고, 다른 한편으로는 매우 바보스럽게도, 그에게 무례한 일로 생각되었다.

"당신은 꼭 한 마리 새처럼 보이네요."

프랑수아즈가 내게 말했다.

그녀는 몸을 돌려 우리를 바라보고 있었다. 그녀는 정말로 선한 눈빛을 가졌고, 센스가 있었다. 그녀는 나이 어린 커플 앞에서 성숙한 여자들이 흔히 보이는 공모하는 태도나 칭찬하는 태도를 보이지 않았다. 그녀는 다만 내가 베르트랑의 품안에서 행복해 보인다고, 그런 내 모습이 감동을 준다고 말하려 한 듯했다. 감동을 준다는 것은 꽤 내 마음에 들었다. 그건 내가 믿고, 생각하고, 대답하는 것을 자주 피하게 해주었으니까.

"늙은 새죠. 난 내가 늙었다고 느껴요."

내가 말했다.

"나도 그래요. 하지만 그건 충분히 이해되는 일이죠."

프랑수아즈가 말했다.

뤽이 빙그레 미소 지으며 그녀 쪽으로 고개를 돌렸다. 갑자기 이런 생각이 들었다. '이 사람들은 서로 좋아해. 틀림없이 아직도 잠자리를 함께할 거야. 뤽은 그녀 옆에서 잠을 자고, 그녀에게 몸을 붙이고 길게 누운 채 그녀를 사랑하겠지. 뤽도 베르트랑이 내 몸을 마음대로 만진다는 생각을 할까? 그런 장면을 상상할까? 내가 그에게 질투를 느끼듯이, 그도 막연하게나마 나에게 질투를 느낄까?'

"드디어 집에 도착했군요. 여기 다른 자동차가 한 대 있네요. 어머니가 평소에 초대하는 친구들도 몇 명 부른 게 아닌지 걱정되네요."

베르트랑이 말했다.

"그렇다면 다시 떠나지 뭐. 난 내 사랑하는 누님의 손님들이 무섭거든. 내가 여기서 몇 발자국 떨어진 곳에 있는 괜찮은 호텔을 하나 알고 있어."

뤽이 대꾸했다.

"그야 두고 보면 알 일이죠. 삐딱한 마음은 그만하면 충분해요. 이 집은 멋진 곳이고, 도미니크는 이 집을 아직 모른다고요. 이리 와요, 도미니크."

프랑수아즈가 말했다.

그녀가 내 손을 잡고 잔디밭으로 둘러싸인 예쁜 집 쪽으로 데려갔다. 나는 내가 그녀의 남편과 함께 그녀를 배신하는 아주 추한 행동을 할 뻔했다고, 하지만 나는 그녀를 무척 좋아한다고, 그녀를 마음 아프게 하느니 다른 아무 일이든 하는 게 더 나을 거라고 생각하면서 그녀를 따라갔다. 그녀는 분명 그런 사실을 몰랐을 것이다.

"드디어 왔구나."

날카로운 고음의 목소리가 들렸다.

베르트랑의 어머니가 울타리에서 불쑥 나타났다. 나는 그녀를 한 번도 본 적이 없었다. 그녀는 젊은 남자의 어머니가 아들이 자기에게 소개하는 젊은 여자에게 던질 수 있는 탐색하는 듯한 눈길을 나에게 던졌다. 우선 그녀는 금발이었고, 잔소리가 많은 듯 보였다. 곧 그녀가 마구 떠들어대면서 우리 주변을 돌아다니기 시작했다. 나는 참을 수 없는 기분이 되었다. 뤽은 큰 재앙이라도 생긴 듯 그녀를 바라보았고, 베르트랑은 조금 난처해하는 듯했다. 그래서 나는 싹싹하게 행동할 수밖에 없었다. 마침내 나는 안도의 숨을 내쉬며 내가 머물 방에 있게 되었다. 침대가 굉장히 높았고, 시트는 꺼칠꺼칠했다. 어린 시절 내 방에 있던 것들처럼. 나는 창문을 열었다. 창문 아래에는 살랑거리는 초록빛 나무들이 있었다. 젖은 흙과 풀의 강렬한 냄새가 방 안으로 밀려들어왔다.

"마음에 들어?"

베르트랑이 물었다.

그는 부끄러워하면서도 만족한 표정이었다. 나와 함께 자기 어머니의 집에서 주말을 보내는 것이 그에게는 매우 중요하면서도 까다로운 어떤 것인 듯하다는 생각이 들었다. 나는 그에게 미소를 지었다.

"너희 집 참 예뻐. 너의 어머니도, 난 잘 모르지만, 상냥한 분 같고."

"한마디로 말해 불쾌하지는 않다는 거지? 게다가 내가 옆에 있고."

그가 공모의 미소를 지었고 나도 거기에 동참했다. 나는 낯선 집들을, 흰색과 검은색 타일이 깔린 욕실들을, 커다란 창문들을,

거만한 젊은 남자들을 좋아했다. 그가 나를 꼭 껴안고 입에 부드럽게 키스했다. 나는 그의 숨결을, 그가 키스하는 방식을 알고 있었다. 나는 영화관에서 만난 그 젊은 남자에 대해 그에게 이야기하지 않았다. 그는 그것을 나쁘게 받아들일 터였다. 나 역시 지금 그것을 나쁘게 받아들이고 있었다. 거리를 두고 생각해보니, 그 일은 나에게 다소 수치스러운, 희극적인 동시에 수상쩍은, 요컨대 불쾌한 기억을 남겼다. 그날 오후 나는 우스꽝스럽고 방종한 사람이었다. 물론 지금은 그렇지 않았다.

"가서 저녁 먹자."

내가 베르트랑에게 말했다. 그는 한 번 더 내게 키스하기 위해 눈을 크게 뜬 채 내게 몸을 숙이고 있었다. 그가 나를 원한다는 사실이 좋았다. 반면에 나는 나 자신을 거의 사랑하지 않았다. 딱딱한 껍질을 뒤집어쓰고 있는 아가씨, "나는 검은 심장과 하얀 치아를 가졌어요." 하고 말하는 냉정하고 조그만 이 아가씨는 나이 든 신사들을 위한 연극처럼 보였다.

저녁 식사는 끔찍했다. 실제로 베르트랑 어머니의 친구들이 와 있었다. 수다스럽고 시류에 밝은 커플 한 쌍이었다. 디저트를 먹을 때, 커플의 남편인, 나는 잘 모르는 어떤 행정자문기구의 이사라는 리샤르라고 불리는 남자가 상투적인 말로 대화를 이끌었다.

"아가씨, 당신도 그 불행한 실존주의자 중 한 명인가요? 마르트—그는 이제 베르트랑의 어머니에게 말을 하고 있었다— 사실 말이지만 환멸에 빠진 이 젊은이들은 내 이해력을 벗어나는군요. 그들 나이 때는 삶을 사랑하는 법이죠! 제기랄, 내가 한창 나이일 땐 재미있었죠. 난봉질도 좀 했어요. 하지만 즐거웠지요. 진짜예요, 맹세할 수 있답니다."

그의 아내와 베르트랑의 어머니가 잘 알고 있다는 듯한 표정으로 웃었다. 뤽은 하품을 했고, 베르트랑은 사람들이 귀담아듣지 않을 연설을 준비했다. 프랑수아즈는 평소와 다름없는 선의를 가지고 이 사람들이 왜 이토록 지루해하는지 이해하려고 눈에 띄게 애쓰고 있었다. 나로 말하자면, 이 장밋빛과 잿빛의 신사들이 음식을 우물우물 씹으면서, 의미도 모르는 채 더없이 커다란 기쁨을 느끼면서 사용하는 '실존주의'라는 단어를 통해 선하고 건전한 유머로 내게 충격을 준 것이 벌써 열 번째였다. 나는 대답하지 않았다.

뤽이 말했다.

"친애하는 리샤르, 난 당신 나이 때—우리 나이 때라는 뜻입니다—에 난봉질을 하게 될까 봐 두렵습니다. 이 젊은이들은 섹스를 합니다. 그건 잘하는 짓이죠. 난봉질을 하려면 여비서와 책상이 필요하잖습니까."

쾌활한 성격인 그 남자는 대꾸하지 않았다. 저녁 식사의 나머지 시간은 별다른 큰 사건 없이 지나갔다. 모두들 많든 적든 이야기를 했다. 뤽과 나만 빼고. 뤽은 나만큼이나 심하게 지루해하는 유일한 사람이었고, 나는 속으로 이번이 우리의 최초의 공모가 아닐까 생각했다. 권태에 대한 이러한 부적응이 말이다.

저녁 식사 후, 날씨가 상쾌했기 때문에 우리는 테라스로 나갔다. 베르트랑이 위스키를 가지러 갔다. 뤽이 나에게 너무 많이 마시지 말라고 낮은 목소리로 충고했다.

"어쨌든 난 올바르게 처신하고 있어요."

내가 당황해서 대꾸했다.

"질투가 날 것 같아서 그래. 네가 술에 취해서 나하고만 허튼소리를 나눴으면 좋겠어."

그가 내 말을 받아 말했다.

"그럼 그 나머지 시간엔 내가 뭘 하고요?"

"슬픈 얼굴을 하지. 아까 저녁 식사 때처럼."

내가 말했다.

"그리고 당신은 당신의 얼굴을 하고요. 당신은 그 얼굴이 즐거운 얼굴이었다고 생각해요?⋯⋯ 당신은 당신이 말한 것과 달리 좋은 세대 출신이 아닌 것 같은데요."

그가 웃었다.

"이리 와서 나와 함께 정원을 한 바퀴 둘러보도록 하지."

"저렇게 컴컴한데요? 그러면 베르트랑과 다른 사람들이⋯⋯."

나는 질겁했다.

"지금까지 저 사람들과 지루하게 보낸 것만으로도 충분해. 자, 가자고."

그가 내 팔을 붙잡더니, 다른 사람들이 있는 쪽을 돌아다보았다. 베르트랑은 위스키를 가지러 가서 아직 돌아오지 않고 있었다. 나는 그가 돌아오면 우리를 찾으러 올 거라고, 그리고 나무 아래에 있는 우리를 보고 아마도 뤽을 죽일 거라고 막연하게 생각했다. 「펠레아스와 멜리장드」(벨기에의 극작가 마테를링크가 1892년 발표한 희곡. 골로와 결혼한 몸인 멜리장드는 시동생 펠레아스와 사랑에 빠지고, 두 사람이 포옹하는 장면을 목격한 골로는 질투에 사로잡혀 펠레아스를 칼로 찌른다—옮긴이)에서처럼.

"이 아가씨를 데려가서 감상적인 산책을 좀 시키겠습니다."

그가 누구에게랄 것도 없이 모인 사람들을 향해 말했다.

나는 뒤를 돌아보지 않았지만, 프랑수아즈의 웃음소리를 들을 수 있었다. 뤽이 나를 오솔길로 데려갔다. 처음에는 자갈돌 때문에 하얗게 보인 오솔길은 어둠 속에 잠겨 있었다. 갑자기 두려운 마음이 들었다. 나는 욘 가장자리의 내 부모님 집에 있고 싶었다.

"나 무서워요."

내가 뤽에게 말했다.

그는 웃지 않고 내 손을 잡았다. 나는 그가 늘 이렇게 조용하고, 조금 심각하고, 믿음직스럽고, 온화하기를 바랐다. 그가 나를 떠나지 않았으면, 그가 나를 사랑한다고 말해주었으면, 나를 아껴주었으면, 나를 품에 안아주었으면 하고 바랐다. 그가 걸음을 멈추더니 나를 품에 안았다. 나는 눈을 감은 채 그의 웃옷에 몸을 붙이고 있었다. 최근의 그 모든 시간은 이 순간 앞에서 긴 도피에 불과했다. 그 손들이 내 얼굴을 들어올렸고, 나에게 꼭 맞게 만들어진 뜨겁고 부드러운 그 입이 다가왔다. 그는 그의 손가락들이 내 얼굴을 쓰다듬도록 내버려두었고, 우리는 키스하는 동안 그 손가락들에 사정없이 힘을 주었다. 나는 두 팔로 그의 목을 감싸안았다. 나는 내가, 그가, 그 순간에 속하지 않는 모든 것이 두려웠다.

나는 즉시 그의 입이 아주 좋아졌다. 그는 한마디도 하지 않고 키스만 했다. 때때로 숨을 쉬기 위해 머리를 들면서. 어슴푸레한 빛 속에서, 나는 내 얼굴 위에 있는, 방심한 듯하면서도 집중하고 있는, 마치 가면 같은 그의 얼굴을 보았다. 이윽고 그가 아주 천천히, 내게 다시 다가왔다. 그러자 더 이상 그의 얼굴이 보이지 않았고, 나는 내 관자놀이를, 눈꺼풀을, 목구멍을 덮쳐오는 열기 아래에서 눈을 감아버렸다. 내 속에서 뭔가가, 잘 알 수는 없지만 서두르지 않는, 욕망 때문에 초조해하지 않는, 그러나 행복하고 느린, 수상쩍은 어떤 것이 솟아올랐다.

뤽이 내게서 몸을 떼어냈고, 나는 조금 비틀거렸다. 그가 내 팔을 붙잡았고, 우리는 아무 말도 없이 정원을 한 바퀴 돌았다. 나는 새벽이 올 때까지 다른 것은 아무것도 하지 않고 그와 키스만 하고 싶다고 생각했다. 베르트랑은 키스할 때 매우 빨리 지쳐버렸다. 그의 욕망이 키스를 불필요한 것으로 만들어버렸기 때문이다. 그에게 키스는 고갈되지 않는, 만족스럽게 하는 어떤 것이라기보다는 쾌락을 향해 가는 도중에 있는 하나의 단계일 뿐이었다. 뤽 덕분에 나는 그 사실을 엿볼 수 있었다.

"누님의 정원 굉장히 멋져요. 그런데 안타깝게도 시간이 좀 늦었네요."

뤽이 미소 지으며 자기 누나에게 말했다.

"그렇게 많이 늦은 시간은 절대 아니에요."

베르트랑이 메마른 목소리로 말했다.

그가 나를 뚫어지게 바라보았다. 나는 눈길을 돌렸다. 내가 원한 건 내 방의 어둠 속에 혼자 있으면서 정원에서의 순간들을 떠올리고 이해해보는 것이었다. 사람들과 대화가 이어지는 동안에는 그 순간들을 한쪽으로 밀쳐두어야 할 것이고, 나는 멍하니 그 자리를 지키고 있을 터였다. 그런 다음엔 그 순간들에 대한 기억을 지니고 내 방으로 올라갈 것이다. 나는 눈을 뜬 채 침대에 반듯하게 누울 것이고, 그 기억을 없애버리거나 혹은 그 기억이 중요한 어떤 것이 되게 하기 위해 오랫동안 몸을 이리저리 뒤척일 것이다. 그날 밤, 나는 내 방 문을 잠갔다. 하지만 베르트랑은 내 방 문을 두드리지 않았다.

6

 아침 나절은 천천히 흘러갔다. 잠에서 깨어날 때는 마치 어린 시절에 잠에서 깰 때처럼 아주 기분이 좋고 감미로웠다. 그러나 나를 기다리고 있는 것은 여느 때처럼 노랗고 외로운, 독서에 의해 중단되는 긴 낮 시간이 아니었다. '다른 사람들'이 나를 기다리고 있었다. 다른 사람들, 그들에 대해 내가 한 역할을 맡아서 책임지고 연기해야 하는. 이 책임, 이 행위는 무엇보다도 내 목구멍을 죄어들게 했고, 나는 몸이 불편해오는 것을 느끼며 베개에 다시 얼굴을 묻었다. 나는 전날 밤을, 뤽의 키스를 떠올렸다. 그러자 내 안에서 뭔가가 감미롭게 깨어졌다.

 욕실은 훌륭했다. 나는 물 속에 몸을 담근 채 기분 좋게 콧노래를 흥얼거리기 시작했다. "이제 결정을 내리는 일만 남았어. 결정을 내리는 일만." 재즈의 곡조였다. 누군가가 벽을 거세게 두드렸다.

"착한 사람들 잠 좀 자게 해줄래요?"

경쾌한 목소리, 뤽의 목소리였다. 만약 내가 십 년만 일찍 태어났다면, 프랑수아즈에 앞서 우리는 함께 살 수 있었을 것이고, 그는 아침에 내가 노래를 부르지 못하도록 웃으며 방해했을 것이고, 우리는 함께 잠들었을 것이다. 우리는 막다른 골목에 처하지 않고 아주 오랫동안 행복할 수 있었을 것이다. 그러나 이것은 그야말로 막다른 골목이었고, 아마도 그런 이유 때문에, 우리는 우리의 권태롭고 아름다운 무심함에도 불구하고 그 속으로 끌려들어가지 못했던 것이다. 거기서 도망쳐서 나와야 했다. 나는 욕조에서 나왔다. 시골풍의 낡은 옷장 속에서 목욕 가운을 찾아 꺼낸 뒤, 그것으로 몸을 둘둘 말면서 나는 속으로 생각했다. 양식(良識)이란 일들이 되어가도록 혹은 되어가지 않도록 그냥 내버려두는 것이라고, 항상 상황을 분석할 필요는 없다고, 그냥 조용히 용감하게 있으면 된다고. 나는 이 불성실한 생각에 만족하며 가르랑거렸다.

나는 새로 산 리넨 바지를 입어보았다. 그리고 거울 속의 내 모습을 바라보았다. 나는 내 모습이 마음에 들지 않았다. 머리 손질이 엉망이었고 얼굴은 뾰족했다. 그러나 표정은 그럭저럭 상냥해 보였다. 나는 남자들을 애태우는 아가씨들이 가진 균형 잡힌 얼굴 모양과 땋아내린 머리카락, 어두운 색깔의 눈동자, 엄격하면서도 관능적인 얼굴을 좋아했다. 고개를 뒤로 젖히면 관능적으로 보일지도 몰랐다. 하지만 그런 자세를 했을 때 어떤 여자가 관능적으로 보이지 않겠는가? 이 바지는 우스꽝스러웠다. 너무 꼭 끼는 느낌이었다. 이런 꼴을 하고는 도저히 아래로 내려갈 수 없을 터였다. 그것은 내가 잘 알고 있는 낙담의 한 형태였다. 나 자신의 이미지가 너무나 마음에 안 들어서, 외출하기로 결심한 날이면 하루 온종일 진절머리가 났다.

그러나 프랑수아즈가 들어와서 모든 것을 정리해주었다.

"어머나, 도미니크, 이렇게 입으니까 아주 매력적이네요! 더 어리고 활기차 보여요. 당신을 보고 있으니 양심의 가책이 느껴지는데요."

그녀가 내 침대 위에 앉아 거울 속으로 나를 바라보았다.

"왜 양심의 가책을 느끼죠?"

그녀는 나를 쳐다보지 않고 대답했다.

"난 케이크를 좋아한다는 핑계로 너무 많이 먹거든요. 그 결과 여기 이렇게 주름이 생겼죠."

그녀의 눈가에는 정말로 꽤 심각한 주름들이 있었다. 나는 거기에 내 집게손가락을 대보았다.

내가 상냥하게 말했다.

"난 이게 멋지다고 생각되는걸요. 이런 가느다란 선들로 이루어진 두 개의 근육을 갖기 위해 그 모든 밤, 그 모든 고장, 그 모든 얼굴이 필요했잖아요. 당신은 이것들을 쟁취한 거예요. 그것 때문에 활력 있어 보이고요. 그리고 잘은 모르지만 나는 이것들이 아름답고, 표정이 풍부하고, 사람의 마음을 끈다고 생각해요. 주름 없는 매끈한 얼굴은 무서워요."

그녀가 웃음을 터뜨렸다.

"당신은 나를 위로하기 위해 미용학원들을 파산시킬 셈인가봐요? 당신은 친절한 사람이에요, 도미니크. 정말 친절해요."

나는 부끄러웠다.

"나는 그렇게 친절한 사람이 아니에요."

"내가 당신을 당황스럽게 한 건가요? 젊은 사람들은 친절하다는 것에 대해 공포심을 갖고 있죠. 하지만 당신은 불쾌하거나 부당한 말을 절대 하지 않아요. 그리고 사람들을 좋아하고요. 말하자면 난 당신이 완벽하다고 생각해요."

"난 그렇지 않아요."

나 자신에 대해 이야기하는 건 굉장히 오랜만이었다. 그것은 열일곱 살까지 내가 많이 하던 일종의 스포츠였지만, 지금은 그것에 대해 일종의 무력감을 느끼고 있었다. 사실 나는 뤽이 나를 사랑하는 경우에만, 뤽이 나에게 관심을 가지는 경우에만 나 자신에 대해 흥미를 느끼고, 나 자신을 사랑할 수 있었다. 물론 이 생각은 바보 같았다.

"난 좀 멋대로 구는 경향이 있어요."

내가 높은 목소리로 말했다.

"그리고 믿을 수 없을 만큼 넋을 놓은 채 지내죠."

프랑수아즈가 덧붙였다.

"왜냐하면 내가 좋아하지를 않으니까요."

내가 말했다.

그녀가 나를 바라보았다. 어떤 유혹이 나를 사로잡았던 걸까? '프랑수아즈, 난 뤽을 사랑하게 될 것 같아요. 물론 난 당신도 무척 좋아해요. 그를 붙잡으세요. 그를 이끌어가세요.' 이렇게 말하는 것?

"그런데 베르트랑과는 정말 끝난 건가요?"

나는 어깨를 으쓱했다.

"그를 더 이상 만나지 않아요. 내가 그를 더 이상 바라보고 있지 않다는 뜻이에요."

"그에게 그 말을 했겠죠?"

나는 대답하지 않았다. 베르트랑에게 무슨 말을 한단 말인가? '난 더 이상 너를 보고 싶지 않아.' 이렇게? 그러나 나는 그가 무척 보고 싶었다. 그가 무척 좋았다. 프랑수아즈가 웃었다.

"이해해요. 쉬운 건 아무것도 없으니까요. 이리 와서 점심 먹어요. 코마르탱 거리에서 이 바지와 함께 입으면 아주 멋질 것 같은 저지 스웨터를 하나 봤어요. 우리 함께 그걸 보러 가요. 그리고……."

우리는 계단을 내려가면서 몸치장에 대해 즐겁게 이야기했다. 나는 평소 이런 화제에 열광하지 않았다. 하지만 아무것도 아닌 것에 대해 이렇게 형용사를 주워섬기며 이야기하는 것이 지금은 좋았다. 그녀가 분개하기도 하고, 웃기도 하도록 나 자신을 속이는 것이 좋았다. 아래층에서는 뤽과 베르트랑이 점심을 먹고 있었다. 그들은 수영에 대해 이야기 중이었다.

"우리 수영장에 갈까요?"

베르트랑의 말이었다. 그는 자기가 이 첫 태양을 뤽보다 더 잘 견뎌내리라 생각하는 것 같았다. 하지만 그가 그렇게 야비한 성격은 아니었을 텐데?

"그것 참 좋은 생각이군. 내가 도미니크에게 운전하는 법을 가르쳐줄 수도 있고 말이야."

"그런 터무니없는 생각은 그만둬라. 잠은 잘 잤니? 우리 아기, 너도?"

베르트랑의 어머니가 화려한 실내복 차림으로 식당으로 들어오며 말했다.

베르트랑이 난처하다는 표정을 지었다. 그는 자신에게 별로 어울리지 않는 의젓한 표정을 하고 있었다. 나는 그런 그가 즐겁게 느껴지고 마음에 들었다. 사람들은 자기가 해를 입히는 사람들이 즐거워하는 것을 좋아한다. 그 편이 덜 성가시니까.

뤽이 일어섰다. 그는 자기 누나의 존재를 눈에 띄게 못 견뎌하고 있었다. 그런 모습이 나를 웃게 만들었다. 나는 또한 본능적인 반감을 가졌다. 하지만 그것을 감춰야 했다. 뤽은 어린아이처럼 유치한 데가 있었다.

"위에 올라가서 수영복을 챙겨야겠어요."

작은 소란 속에서 각자 자기 소지품을 찾기 시작했다. 마침내 모두 준비가 되었다. 베르트랑은 자기 어머니와 함께 어머니 친구들의 자동차를 타고 떠났고, 우리 셋만 남았다.

"운전해."

뤽이 말했다.

나는 운전의 기초지식을 막연하나마 충분히 갖고 있었고, 덕분에 그리 나쁘지 않게 해나갈 수 있었다. 뤽이 내 옆자리에 앉았고, 프랑수아즈는 뒷좌석에 앉았다. 프랑수아즈는 위험도 의식하지 않고 편하게 이야기를 했다. 나는 일어날 수 있었던 일에 대한 강렬한 몽상에 또다시 빠져들었다. 뤽 옆에 앉아 함께하는 긴 여행, 헤드라이트 밑으로 보이는 하얀 길, 밤, 나는 뤽의 어깨에 몸을 기대고 있고, 핸들을 잡은 뤽은 너무나 믿음직스럽고 빠르게 차를 달린다. 들판에 동이 터오고, 바다에 황혼이 진다…….

"그런데 난 바다를 한 번도 본 적이 없어요……."

그것은 비난의 외침이었다.

"내가 보여줄게."

뤽이 상냥한 목소리로 말했다.

그리고 내게 몸을 돌리고 미소를 지었다. 그것은 약속과도 같았다. 프랑수아즈는 그 말을 듣지 못했다. 그녀가 말했다.

"뤽, 다음번에 바다에 가게 될 땐 도미니크를 꼭 데려가야겠어요. 도미니크는 이렇게 소리칠 거예요. '물이 많기도 하네! 많기도 해!' 누가 한 말인지는 잘 모르겠지만요."

내가 말했다.

"아마 난 물 속에 몸부터 담글 거예요. 이야기는 그 다음에 하겠죠."

"바다가 정말이지 무척 아름답다는 걸 당신도 알죠? 해변은 노랗고, 붉은 바위들이 있어요. 그 너머로는 파란 물이 끝도 없이 펼쳐져 있고……."

프랑수아즈가 말했다.

뤽이 웃으며 대꾸했다.

"당신의 묘사가 아주 마음에 드는군. 노랗고, 붉고, 파랗고. 꼭 여학생 같아. 초등학교 여학생 말이야."

뤽이 나를 향해 몸을 돌리더니 변명하는 듯한 어조로 덧붙였다.

"나이 든 여학생들이 있지. 아는 게 아주아주 많은. 왼쪽으로 돌아, 도미니크, 할 수 있으면……."

난 할 수 있었다. 우리는 어느 잔디밭에 도착했다. 잔디밭 한가운데에는 맑고 파란 물이 가득 찬 커다란 수영장이 있었다. 그 수영장의 모습에 나는 섬뜩함을 느꼈다.

우리는 수영복을 입고 서둘러 수영장 가장자리로 갔다. 나는 탈의실에서 나오는 뤽과 마주쳤다. 그는 불만스러운 표정이었다. 나는 그에게 이유를 물었고, 그는 나에게 어색한 미소를 지으며 대답했다.

"내 모습이 보기 안 좋아서."

아닌 게 아니라 그랬다. 그는 키가 크고 말랐으며, 등이 조금 굽었고, 피부가 그리 그을린 편은 아니었다. 그는 너무 불행한 표정이었다. 그리고 너무나 조심스러운 태도로 수건을 몸 앞쪽에 두르고 있었다. 그는 '볼품없는 나이배기'가 하는 행동을 그대로 했고, 나는 그런 그가 측은하게 여겨졌다.

"괜찮아요, 괜찮아. 당신은 그렇게 추하지 않아요!"

내가 쾌활한 어조로 말했다.

그가 나를 힐끗 건너다보았다. 그는 거의 충격을 받은 것 같았고, 결국엔 웃음을 터뜨렸다.

"너, 나에 대한 존경심을 잃기 시작했구나!"

그러더니, 달려가서 물 속에 뛰어들었다. 그는 곧 물 밖으로 고개를 내밀고 고뇌의 외침을 토해냈다. 프랑수아즈가 와서 수영장 가장자리 돌 위에 걸터앉았다. 그렇게 하고 있으니 옷을 입었을 때보다 더 나아 보였다. 그녀는 루브르 박물관의 조각상처럼 보였다.

뤽이 물 밖으로 고개를 내민 채 말했다.

"끔찍이도 춥군. 5월에 수영을 하려면 제정신이 아니어야 해."

"4월에는 실오라기 하나도 벗지 말고, 5월에는 마음 내키는 대로 해(프랑스의 속담을 그대로 인용하여 한 말—옮긴이)."

베르트랑의 어머니가 거드름 피우며 격언조로 말했다.

그러나 그녀는 발끝에 물을 적셔보더니, 다시 옷을 입으러 갔다. 나는 수영장 주변에서 흥분하여 수런거리는 이 희끄무레한 무리를 바라보았다. 그리고 '내가 여기서 뭘 하고 있는 거지?' 하는 평소의 생각과 더불어 부드러운 웃음이 나를 감싸오는 것을 느꼈다.

"수영할래?"

베르트랑이 물었다.

그는 한쪽 다리로 내 앞에 서 있었고, 나는 동의하는 표정으로 그를 바라보았다. 그가 매일 아침 아령으로 운동하는 것을 나는 알고 있었다. 언젠가 우리가 함께 주말을 보낸 적이 있는데, 그가 반쯤 졸고 있는 나를 보고 깊은 잠에 빠진 것으로 알고 새벽에 창문 앞에서 여러 가지 체조 동작을 해보였다. 그 동작들은 즉시 나를 눈물이 날 정도로 키득키득 웃게 만들었지만 그에게는 그것이 효과가 있었던 것 같다. 그는 건강했고 말쑥해 보였다.

그가 말했다.

"이건 우리가 보송보송한 피부를 가질 수 있는 기회야. 다른 사람들을 좀 봐."

"물 속으로 가자."

내가 말했다.

나는 그가 자신을 귀찮게 하는 어머니에 대해 과격한 말이라도 할까 봐 두려웠다.

나는 강렬한 반감을 느끼며 물 속에 뛰어든 뒤, 건성으로 수영장 안을 한 바퀴 돌았다. 그리고 오들오들 떨면서 수영장 밖으로 나왔다. 프랑수아즈가 수건으로 내 몸을 닦아주었다. 나는 그녀가 왜 아이를 낳지 않았는지 궁금했다. 겉모습으로 볼 때, 그녀는 모성을 위해 만들어진 여자 같았는데 말이다. 엉덩이가 넓고, 몸이 부드럽고 풍만한. 정말이지 안된 일이었다.

7

그 주말로부터 이틀 뒤, 나는 여섯 시에 뤽과 만나기로 약속했다. 이제 우리 사이에는 돌이킬 수 없는 뭔가가, 경박함에 대한 모든 새로운 시도 속에 존재하는 질식할 것 같은 뭔가가 일어날 것처럼 보였다. 그리고 나는 17세기의 아가씨처럼 그에게 키스에 대한 사죄를 요구할 준비가 되었다.

우리는 볼테르 강변로의 한 바에서 만나기로 약속을 했다. 놀랍게도 뤽은 벌써 와 있었다. 그는 얼굴빛이 아주 나빴고, 피곤해 보였다. 나는 그의 옆에 앉았고, 그는 즉시 위스키 두 잔을 주문했다. 그가 나에게 베르트랑의 소식을 물었다.

"그는 잘 지내요."

"괴로워해?"

그는 그 질문을 빈정거리는 어조로 하지 않았다. 오히려 조용하게 물었다.

"그가 왜 괴로워해요?"

내가 어리석게도 물었다.

"베르트랑은 바보가 아니잖아."

"당신이 왜 나에게 베르트랑에 대해 묻는 건지 난 이해 못하겠어요. 그건…… 그러니까……."

"그건 부차적인 문제 아니야?"

이번에는 그가 빈정거리는 목소리로 물었다. 나는 안절부절 못했다.

"그건 부차적인 문제가 아니죠. 하지만 결국 그렇게 심각한 문제도 아니에요. 심각한 문제에 대해 이야기하려면 프랑수아즈에 대해 이야기해야죠."

그가 웃음을 터뜨렸다.

"그것 참 재미있군. 그런 종류의 이야기라면…… 다른 사람의 파트너에 대해 이야기하도록 하지. 다른 사람의 파트너가 자신의 파트너보다 더 심각한 장애물처럼 보이는 법이거든. 이야기하자면 좀 끔찍할 것 같긴 하지만, 우리가 누군가를 알 때는 그가 괴로워하는 방식까지 알게 되지. 그건 충분히 용인할 만한 일처럼 보여. 결국엔 용인하게 되지. 아니, 일단 알게 되면 덜 무서워진다는 얘기지."

"난 베르트랑이 괴로워하는 방식이 어떤 건지 잘 몰라요……."

"넌 그럴 시간이 없었지. 하지만 난 결혼한 지 십 년이 됐어. 그래서 프랑수아즈가 괴로워하는 걸 봤지. 그건 무척 언짢은 경험이야."

우리는 잠시 동안 꼼짝 않고 앉아 있었다. 아마도 우리 두 사람 다 괴로워하는 프랑수아즈를 떠올리고 있었을 것이다. 내 머릿속에 벽에 몸을 기대고 있는 프랑수아즈의 모습이 그려졌다.

마침내 뤽이 입을 열었다.

"바보 같은 일이지. 하지만 넌 그것이 내가 생각했던 것보다 더 복잡했다는 것을 이해해야 돼."

그가 위스키 잔을 들어 한 모금 마시고는 머리를 젖히면서 삼켜버렸다. 마치 영화관에 들어와 앉아 있는 듯한 느낌이 들었다. 나는 지금은 밖으로 나갈 순간이 아니라고 생각하려고 애썼다. 그러나 지금 이 상황이 완전히 비현실적으로 느껴졌다. 뤽이 옆에 있었다. 그는 결정을 내릴 것이고, 모든 것이 잘될 터였다.

그가 몸을 앞으로 조금 기울이고는 손에 들려 있는 빈 잔을 돌렸다. 잔 속에서 얼음이 규칙적인 움직임을 보이며 빙글빙글 돌았다. 그는 나를 보지 않고 말했다.

"물론 나는 연애사건을 몇 번 겪었어. 대부분의 경우, 프랑수아즈는 그걸 알지 못했지. 몇몇 불행한 경우를 제외하곤 말이야. 하지만 그건 결코 심각한 일이 아니었어."

그가 조금 화를 내며 몸을 일으켜 세웠다.

"너도 다르지 않을 거야. 이건 그리 심각한 일이 아니야. 심각할 건 아무것도 없어. 그 무엇도 프랑수아즈에 비하면 가치가 없으니까."

나는 괴로움도 없이 그 말을 듣고 있었다. 이유는 알 수 없었다. 마치 나와는 아무런 상관이 없는 철학 강의에 참석한 기분이었다.

"하지만 이번 경우는 좀 다르지. 처음에 나는 너를 원했지. 나 같은 부류의 남자는 고양이 같고, 고집 세고, 손에 넣기 어려운 어린 아가씨를 원할 수 있으니까. 그리고 나는 너에게 그걸 말했어. 나는 너를 길들이고 싶었고, 너와 함께 하룻밤 보내고 싶었지. 나는 말이야……."

갑자기 그가 내게 몸을 돌리더니 내 손을 붙잡고 상냥하게 말했다. 나는 그의 얼굴을 아주 자세히 들여다보았다. 그의 얼굴의 모든 선을 하나하나 살펴보았다. 나는 그가 하는 말을 열중해서 들었다. 타고난 주의력을 발휘하여 한마디도 놓치지 않고 듣고, 그리고 나 자신에게서 해방되었다. 속으로 작은 목소리조차 내지 않았다.

"나는 말이야, 내가 널 존중할 수 있다고 생각하지 않았어. 하지만 지금 나는 너를 무척 존중해, 도미니크, 널 무척 좋아해. 내가 널 어린아이들이 말하는 것처럼 '진정으로' 사랑할 수는 결코 없을 거야. 하지만 우린 닮았어, 너와 나 우리 두 사람 말이야. 이제 난 너와 자고 싶다는 생각만 하지는 않아. 난 너와 함께 살고 싶고, 너와 함께 여름 휴가를 떠나고 싶어. 우린 굉장히 만족스러울 거고, 매우 감미로울 거야. 나는 너에게 바다를, 돈을, 어떤 형태의 자유를 가르쳐줄 거야. 우리는 지루하지 않을 거야, 안 그래?"

"나도 그랬으면 좋겠어요."

내가 말했다.

"내가 프랑수아즈에게 돌아간 후에 넌 어떤 위험을 무릅쓰게 될까? 나에게 집착하고, 괴로워하고, 그 다음엔? 그 다음엔 어떻게 될까? 하지만 지루하게 지내는 것보다는 그게 나을 거야. 너는 더 많이 사랑할 거고, 아무 일도 없는 것보다는 더 행복했다가 더 불행해질 거야, 그렇지 않아?"

"맞아요."

내가 말했다.

"넌 어떤 위험을 무릅쓸 거지?"

뤽이 스스로를 설득하려는 듯 반복해서 말했다.

"그러고 나선 괴로워하겠죠, 괴로워할 거예요. 아무것도 과장해서는 안 되죠. 난 마음이 그리 관대한 편은 아니거든요."

내가 말했다.

"그래, 어디 두고 보자고. 생각을 좀 해보자고. 이제 다른 이야기를 하도록 하지. 한 잔 더 하겠어?"

뤽이 말했다.

우리는 우리의 건강을 위해 건배했다. 내가 좀더 명확하게 알게 된 것, 그것은 아마도 우리가 자동차를 타고 함께 떠나게 되리라는 것이었다. 그것은 내가 상상했던, 그러나 불가능하다고 믿었던 일이었다. 나는 저 앞의 다리가 잘려 있다는 것을 염두에 두고 그에게 집착하지 않기 위해 적당히 잘해나갈 것이다. 난 그렇게 미치지는 않았으니까.

우리는 강변으로 나가 산책을 했다. 뤽은 나와 함께 웃고 이야기했다. 나 역시 웃었고, 속으로 생각했다. 그와 함께 늘 웃어야 한다고. 그리고 충분히 그럴 수 있다고 느꼈다. 알랭(Alain, 1868~1951: 프랑스 철학자·평론가. 지방신문에 매일의 사건에 대한 고찰인 「어록」을 썼다. 주요 저서로 『행복론』, 『교육론』, 『인간론』 등이 있다―옮긴이)은 '웃음은 사랑의 속성이다.'라고 말했다. 하지만 이것은 사랑의 문제가 아니었다. 동의의 문제였다. 그렇게 생각하니 상당히 자부심이 생겼다. 뤽이 내 생각을 한다. 그가 나를 존중하고 나를 원한다. 나는 이 상황을 조금 우스꽝스럽게, 가치 있게, 바람직하게 생각할 수 있었다. 하지만 나 자신에 대해 생각하자마자, 내 의식의 작은 기제가 작동하여 나를 초라한 형상으로 돌려보냈다. 그것은 아마도 너무 혹독하고, 너무 비관적인 형상이었다.

뤽과 헤어진 뒤, 나는 어느 바에 들어가 저녁 식사 값으로 갖고 있던 4백 프랑을 내고 위스키 한 잔을 더 마셨다. 십 분쯤 지나자, 놀랄 만큼 기분이 좋아졌다. 나 자신이 상냥하고, 선하고, 기분 좋은 사람이라는 느낌마저 들었다. 그 상황을 활용하려면 누군가 만나야 했다. 누군가를 만나 인생에 대해 내가 알고 있는 혹독하고, 감미롭고, 날카로운 모든 것을 이야기해야 했다. 몇 시간이라도 이야기할 수 있을 것 같았다. 바텐더는 친절했지만 그리 흥미가 끌리지 않았다. 그래서 생 자크 거리의 카페로 갔다. 거기서 베르트랑을 만났다. 그는 컵받침 몇 개를 앞에 두고 혼자 있었다. 나는 그의 옆에 앉았고, 그는 반가운 표정으로 나를 쳐다보았다. "그렇잖아도 네 생각을 하고 있었어. '켄터키'에 새로운 재즈 밴드가 왔어. 거기 갈래? 춤춘 지 상당히 오래됐잖아."

"난 돈이 한푼도 없는걸."

내가 불쌍하게 말했다.

"어머니가 지난번에 내게 만 프랑을 주셨어. 몇 잔 더 마시고, 그리로 가자."

"하지만 겨우 여덟 시밖에 안 됐잖아. 열 시나 되어야 시작할걸?"

내가 이의를 제기했다.

"여러 잔 마시면 되잖아."

베르트랑이 쾌활하게 말했다.

나는 기분이 좋았다. 베르트랑과 함께 빠른 재즈 리듬에 맞춰 춤추고 싶은 마음이 간절했다. 디스크 박스에서 재즈곡이 흘러나왔고, 나는 그 리듬에 맞춰 신나게 다리를 움직이기 시작했다. 베르트랑이 술값을 지불할 때, 나는 그가 상당히 많이 마셨다는 것을 알아챘다. 그는 무척 즐거워했다. 어쨌든 그는 내 가장 좋은 친구이고, 내 형제였다. 나는 그를 마음속 깊이 좋아했다.

우리는 열 시까지 대여섯 군데의 바를 돌았고, 끝에 가서는 완전히 취해버렸다. 우리는 미친 듯이 즐거워했고, 센티멘털한 기분은 떨쳐버렸다. 우리가 켄터키에 도착했을 때는, 밴드가 연주를 이미 시작한 뒤였다. 사람이 거의 없어서, 플로어에 손님은 거의 우리뿐이었다. 내 예상과는 달리, 우리는 춤을 아주 잘 추었다. 우리는 긴장이 충분히 풀려 있었다. 무엇보다도 나는 거기서 연주하고 있는 음악이, 그 음악이 나에게 부여하는 고양감이 좋았다. 쾌감이 내 몸 전체를 감싸안았고, 나는 그 쾌감을 따라 몸을 움직이기만 하면 되었다.

우리는 목을 축이기 위해서만 잠깐씩 자리에 앉았다.

"음악은, 재즈 음악은 말이야, 가속도가 붙은 대범함이야."

내가 베르트랑의 귀에 대고 은밀하게 말했다.

그가 급작스럽게 몸을 일으켰다.

"바로 그거야. 아주아주 흥미로워. 훌륭한 표현이야. 브라보,

도미니크!"

"그렇지?"

내가 물었다.

"켄터키는 위스키가 형편없어. 하지만 음악은 좋지. 음악은, 그래, 대범하다…… 뭐가 대범해?"

"잘 모르겠어. 들어봐. 트럼펫 말이야. 단순히 대범하기만 한 것은 아니고, 필수적이야. 이 부분의 끝까지 가봐야 해. 느꼈어? 필수적이야. 너도 알다시피, 마치 사랑처럼, 육체적 사랑처럼 말이야. 필수적인 한순간이 있어. 그 부분에서는…… 다르게 갈 수가 없지."

"완벽해. 아주아주 흥미로워. 우리 춤출까?"

우리는 술을 마시고, 온갖 의성어를 주고받으며 밤을 보냈다. 마지막에 가서는 얼굴들이, 다리들이 빙글빙글 돌고, 베르트랑의 팔이 그에게서 아주 먼 곳으로 나를 내던졌다. 음악이 내 몸을 받아 던져 그와 다시 만나게 했다. 그 믿을 수 없는 열기와 믿을 수 없는 유연함이 우리의 육체를 지배했다…….

"문을 닫을 건가 봐. 새벽 네 시야."

베르트랑이 말했다.

"우리 하숙집 문도 잠겼을 텐데."

내가 말했다.

"괜찮아."

그가 말했다.

괜찮다는 말은 사실이었다. 우리는 그의 집으로 갔다. 우리는 그의 침대에 몸을 뉘었고, 그것은 당연한 일이었다. 겨우내 그랬던 것처럼, 그날 밤도 나는 베르트랑의 무게를 내 몸 위에 느꼈고, 우리는 함께 그렇게 행복했다.

8

 다음 날 아침, 나는 그에게 몸을 대고 길게 누워 있었고, 그는 자기 엉덩이를 내 엉덩이에 대고 잠들어 있었다. 이른 시각 같았다. 나는 다시 잠들 수 없었다. 나는 속으로 생각했다. 그가 자신의 꿈속에 잠겨 있듯이, 나 또한 여기에 있지 않다고. 그것은 진정한 나 자신이, 교외의 집들, 나무들, 들판들, 어린 시절들 뒤쪽에, 산책로 끝에, 아주 멀리에 꼼짝 않고 머물러 있는 것과 마찬가지였다. 잠자는 남자에게 몸을 숙이고 있는 이 아가씨는 평온하고 가혹한 나 자신의 흐릿한 반영(反影)에 불과했다. 뿐만 아니라, 이미 나는 살기 위해 나 자신의 반영으로부터 멀어져버렸다. 나는 영원한 나 자신보다는 현재의 내 삶을 선호하는 것처럼, 나 자신의 조각상을 산책로 끝에, 그늘 속에 버려두었다. 조각상의 어깨 위에 새들을 남겨두듯, 가능했지만 거절당한 모든 삶을 버려두었다.

나는 기지개를 켜고, 옷을 입었다…… 베르트랑이 잠에서 깨어나 나에게 뭐라고 물었다. 하품을 하고, 한 손으로 두 뺨과 턱을 어루만지고는 자기 턱수염에 대해 불평을 늘어놓았다. 나는 저녁에 만나자고 그와 약속을 한 뒤, 공부를 하기 위해 내 방으로 돌아왔다. 그러나 헛일이었다. 날씨가 지독히도 더웠고, 정오가 다 되어가고 있었다. 나는 뤽 그리고 프랑수아즈와 함께 점심을 먹어야 했다. 한 시간을 위해 공부를 시작하는 수고는 할 필요가 없었다. 나는 담배 한 갑을 사러 다시 밖으로 나갔다. 그리고 다시 들어와서 사온 담배를 한 개비 피웠다. 담배에 불을 붙이면서, 갑자기 나는 깨달았다. 오늘 아침 나절 내내 내가 평소에 하는 행동을 단 하나도 하지 않았다는 것을. 여러 시간 동안, 평소에 보존되어오던 내 습관 중 흐릿한 본능 하나 나타나지 않았던 것이다. 아무것도, 단 한순간도. 어디서 내가 그것을 찾아낼 수 있을까? 나는 버스 안에서 보이는 인간적인 찬란한 미소를 믿지 않았고, 거리의 약동하는 삶도 믿지 않았다. 그리고 나는 베르트랑을 사랑하지 않았다. 나에겐 누군가 혹은 어떤 것이 필요했다. 나는 담배에 불을 붙이면서 큰 목소리로 이렇게 중얼거렸다. "누군가 혹은 어떤 것." 그리고 그 상황은 나에게 멜로드라마처럼, 멜로드라마 같고 우스꽝스럽게 느껴졌다. 그렇게, 마치 카트린처럼, 나는 감정적으로 격분했다. 나는 사랑을 사랑했고, 사랑과 관련되는 단어들, '부드러운, 잔인한, 온화한, 신뢰하는, 극단적인' 등의 단어들을 사랑했다. 그리고 나는 아무도 사랑하지 않았다. 뤽, 아마도 그가 그때 거기에 있었을 것이다. 그러나 나는 전날부터 감히 그에 대해 생각하지 못하고 있었다. 그를 떠올릴 때면 내 목구멍을 꽉 틀어막는, 쉽게 포기해 버리는 기질이 마음에 들지 않았다.

나는 뤽과 프랑수아즈를 기다렸다. 기묘한 현기증에 사로잡혀 나는 급히 세면대로 갔다. 현기증이 끝나자 머리를 다시 들었고, 거울 속에 비친 나 자신을 보았다. 날짜를 셈할 시간은 충분했다. "결국 올 것이 왔군!" 나는 소리내어 중얼거렸다. 이 악몽, 나는 그것을 잘 알고 있었다. 실수 탓으로 자주 겪어봤고, 이내 또다시 겪곤 했기 때문이다. 하지만 이번에는…… 혹시 전날 마신 위스키 때문인지도 몰랐다. 지나치게 괴로워할 일은 정말로 없었다. 그러나 나는 이미 거울 속의 나 자신을 바라보며 호기심과 조롱이 뒤섞인 심정으로 맹렬하게 토론을 벌이고 있었다. 나는 분명 덫에 사로잡힌 것이다. 그걸 프랑수아즈에게 말할 것이다. 그 덫에서 나를 끌어내줄 사람은 프랑수아즈밖에 없었다.

그러나 나는 프랑수아즈에게 말하지 않았다. 감히 그럴 수가 없었다. 점심을 먹으면서 뤽은 우리에게 술을 마시게 했다. 그래서 나는 아까의 생각을 조금 잊은 채, 다시 이치를 따져보았다. 혹시 베르트랑이 뤽을 너무나 질투해서 나를 만류할 방법을 찾아낸 것은 아닐까? 나는 내 몸에서 그 모든 징후를 발견했다…….

이 점심 식사를 한 다음 날, 내가 불가능하다고 생각한, 철 이른 여름을 알리는 일주일이 시작되었다. 나는 거리를 이리저리 쏘다녔다. 날씨가 너무 더워서 내 방 안에 있기가 힘들었기 때문이다. 나는 아무것도 고백하지 않은 채 가능한 해결책들에 대해 카트린에게 넌지시 물어보았다. 나는 뤽과 프랑수아즈를, 그들처럼 자유롭고 힘 있는 존재들을 더는 보고 싶지 않았다. 나는 한 마리 짐승처럼 아팠고, 때때로 신경질적인 웃음을 미친 듯이 터뜨렸다. 아무런 계획도, 힘도 없었다. 그 주가 끝나갈 즈음, 나는 베르트랑의 아기를 가졌다고 확신했다. 그리고 훨씬 진정이 되었다. 행동을 해야 할 터였다…….

그러나 시험 전날 나는 내 확신이 틀렸다는 것을, 그것은 단지 악몽일 뿐이었다는 사실을 알게 되었다. 나는 안도하는 웃음을 지으며 필기시험을 치렀다. 열흘 동안 나는 그것만 생각했지만, 이제는 경탄하며 다른 것들을 재발견했다. 모든 것이 다시 가능해지고 즐거워졌다.

프랑수아즈가 우연히 내 방에 들렀다가 찌는 듯한 더위에 깜짝 놀라서는 자기 집에 와서 구술시험을 준비하는 게 어떻겠냐고 제안했다. 그래서 나는 그들 아파트의 하얀 양탄자 위에서, 겉창을 반쯤 닫아놓은 채, 혼자서 공부를 했다. 프랑수아즈는 다섯 시경에 돌아와 자신이 사온 물건들을 내게 보여주고는, 그리 큰 확신도 없이 시험 시간표에 대해 내게 질문하려고 애썼고, 그 질문은 대개 농담으로 끝이 났다.

뤽이 도착하여 우리와 함께 웃었다. 우리는 테라스로 가서 저녁 식사를 했고, 그들은 나를 하숙집에 데려다줬다. 그 일주일 동안 딱 하루, 뤽이 프랑수아즈보다 먼저 집에 돌아왔다. 그는 내가 공부하고 있는 방으로 들어와 내 옆 양탄자 위에 무릎을 꿇고 앉았다. 그는 팔로 나를 끌어안고, 한마디 말도 없이, 내 노트 위에서 내게 키스를 했다. 나는 그의 입을 되찾은 것만 같았다. 마치 내가 그것만을 알고 있었던 것처럼, 그리고 내가 이 주 동안 그것만 생각했던 것처럼. 그러고 나서 그가 내게 말했다. 여름방학 동안 나에게 편지를 쓰겠다고. 그리고 내가 원한다면 일주일 동안 어딘가에 함께 가 있자고.

그가 내 목덜미를 쓰다듬었고, 내 입을 다시 찾았다. 나는 밤이 될 때까지 그렇게 그의 어깨 위에 머물러 있고 싶었다. 어쩌면 그동안 우리가 서로 사랑하지 않은 것에 대해 부드럽게 투덜대면서. 한 학기가 끝이 났다.

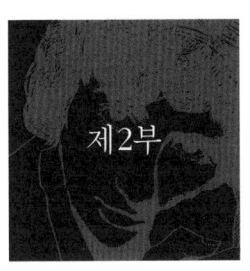

제2부

1

 고향 집은 길고 잿빛이었다. 넓은 풀밭이 갈대의 크림빛 물결 속에 파묻힌 채 욘까지 펼쳐졌다. 제비와 포플러들이 육중한 초록빛의 욘을 뒤덮고 있었다. 나는 그 포플러 중 하나를 특히 좋아했다. 나는 그 나무 옆에 가서 길게 드러누웠다. 두 발을 둥치에 대고, 이런저런 생각으로 방황하는 머리는 눈앞에 보이는 나뭇가지들을 향한 채 몸을 쭉 폈다. 높이 뻗은 나뭇가지들이 바람에 흔들리고 있었다. 흙에서는 따뜻한 풀냄새가 났고, 그것이 내게 길게 지속되는 기쁨을 불러일으켰다. 무력감에 의해 더욱 배가된 기쁨이었다. 나는 비가 내릴 때와 여름날의 이곳 풍경을 알고 있었다. 나는 파리를 알기 전부터, 파리의 거리들과 센 강과 남자들을 알기 전부터 이 풍경을 알고 있었다. 이 풍경은 변하지 않았다.
 시험에는 기적적으로 통과되었다. 나는 책을 읽었고, 천천히 집으로 다시 올라가 식사를 했다. 엄마는 십오 년 전에 아들을 잃었다. 그러한 비극적인 환경 속에서 엄마는 신경쇠약을 얻었고, 그것이 집 전체를 지배하게 되었다. 슬픔이 벽들에서 경건의 성질을 획득했다. 아버지는 집 안에서 발끝으로 걸어다녔고, 엄마를 위해 숄을 가져다주었다.

베르트랑이 내게 편지를 보내왔다. 켄터키에서 함께 시간을 보낸 마지막 밤에 대한 암시로 가득 찬, 모호하고 이상한 편지였다. 그는 편지 속에서 그날 밤 나에 대한 존중심을 잃었다고 말하고 있었다. 그런데 내가 보기에는 그가 나에 대한 존중심을 평소보다 더 많이 잃었던 것 같지는 않았다. 우리는 관계에 대해 무척 심플하고 만족스러운 시각을 갖고 있었기 때문이다. 나는 그가 무엇을 암시하는 건지 오랫동안 찾아보았지만 헛일이었다. 결국 나는 그가 우리 사이에 무게감 있는 일종의 공모로서 에로티시즘을 끌어들이려 한다는 것을 깨달았다. 그는 우리를 묶어줄 뭔가를 찾고 있었다. 말하자면 그는 가지에 매달려 있었는데, 조금 낮은 가지를 고른 것이다. 처음에 나는 우리 사이에 있었던 가장 행복했던 것, 즉 가장 순수했던 것을 복잡하게 만든 그가 원망스러웠다. 그러나 나는 어떤 경우에 사람들은 아무거나, 심지어 기대했던 것보다는 차라리 최악의 것을, 평범한 것을 찾게 된다는 사실을 알지 못했던 것이다. 그의 경우에 기대했던 것, 평범한 것은 내가 더 이상 그를 사랑하지 않는다는 것이었다. 그 외에도 나는 알고 있었다. 그가 후회하는 것은 바로 나, 그리고 우리라는 것을. 한 달 전부터 '우리'는 더 이상 존재하지 않았으니까. 그 사실은 나에게 많은 고통을 안겨주었다.

뤽에 대해 말하자면 이번 달 동안 소식이 없었다. 그가 서명을 하고 프랑수아즈가 내용을 쓴, 아주 상냥한 엽서 한 장이 왔을 뿐이다. 나는 어리석은 자부심을 느끼며 내가 그를 사랑하지 않는다고 되뇌어보았다. 그것은 그의 부재로 인해 내가 괴로워하지 않는다는 증거였다. 나는 그 사실이 완전히 확실해지기 위해 그를 사랑하지 않는다는 것에 대해 수치심을 느껴야 한다고는 생각하지 않았다. 아니었다. 지금 나는 승리자니까. 한편으로는, 이 모든 교묘함이 나를 화나게 했다. 나는 조용하고 얌전하게 잘 지내고 있었다.

그리고 내가 무척 지루해했어야 할 이 집을 좋아하고 있었다. 물론 나는 집에서 지루했다. 그러나 그것은 파리 사람들과 함께 있는 것 같은, 기분 좋고 창피하지 않은 지루함이었다. 나는 모든 사람에게 아주 친절하고 정중하게 굴었다. 그런 상태가 기분 좋았다. 이 가구에서 저 가구로, 이 들판에서 저 들판으로, 하루에서 또 다른 하루로 옮겨다니는 것, 다른 일을 하지 못하는 것은 얼마나 안심되는 일인가! 부동성의 힘으로 얼굴과 몸 위에 일종의 감미로운 그을림을 획득하는 것, 여름방학이 끝나기를 기다리지 않으면서 기다리는 것. 책을 읽는 것. 여름방학은 노랗고 무미건조한, 거대한 점이었다.

드디어 뤽의 편지가 도착했다. 편지에서 그는 9월 22일에 아비뇽에 있을 거라고 말했다. 그는 나를, 혹은 나에게서 오는 편지를 기다리겠다고 했다. 나는 그곳에 가기로 돌발적으로 결심했다. 지나간 이번 달이 소박함의 천국으로 여겨졌다. 하지만 이것이야말로, 이 평온한 어조야말로 뤽이었다. 우스꽝스럽고 예기치 못했던 아비뇽 이야기. 흥미의 이 명백한 부재. 나는 거짓말에 착수하여, 카트린에게 가짜로 나를 초대해달라고 편지를 썼다. 거의 동시에 그녀가 내게 편지를 보내왔다. 편지 속에서 그녀는 놀랐다는 말과 함께 베르트랑이 친구들 무리 전부와 함께 코트다쥐르(프랑스 남동부의 해안지역. 따뜻한 아열대성 기후로, 세계적으로 유명한 관광·휴양지이다—옮긴이)에 가 있는데, 내가 누구를 만나러 갈 셈이냐고 했다. 내 신용 없는 행동이 그녀를 힘들게 한 것 같았다. 그녀는 그런 행동은 아무것으로도 정당화될 수 없다고 보고 있었다. 나는 그녀에게 감사의 말을 쓰고, 만약 그녀가 베르트랑을 괴롭히고 싶다면, 내가 그녀에게 보낸 편지에 대해 그에게 말하기만 하면 된다고 간단히 언급했다…… 그녀가 그렇게 한 것은 물론 그에 대한 우정의 표현이었을 것이다.

9월 21일, 나는 가볍게 짐을 꾸려 아비뇽으로 가는 기차에 올라탔다. 다행스럽게도 아비뇽은 코트다쥐르로 가는 길 중간에 위치해 있었다. 부모님이 기차역까지 나와 동행했다. 나는 부모님과 헤어졌다. 왠지 모르지만 눈에 눈물이 고였다. 난생처음으로 내 어린 시절과, 가족의 안전함과 결별하는 듯한 느낌이었다. 벌써부터 나는 아비뇽이 싫어졌다.

뤽의 침묵 그리고 부주의한 그의 편지에 뒤이어, 나는 그에 대한 퍽 초연하고 냉혹한 이미지를 머릿속에 갖게 되었다. 나는 거의 경계하는 기분으로, 사랑이 예견되는 만남을 기다리는 사람치고는 꽤 불편한 정신 상태로 아비뇽에 도착했다. 나는 뤽과 함께 떠나지 않았다. 뤽이 나를 사랑했기 때문에. 내가 그를 사랑했기 때문은 아니었다. 나는 그와 함께 떠났다. 우리가 같은 언어로 말하고 있었기 때문에 그리고 우리가 서로를 마음에 들어했기 때문에. 그러나 곰곰이 생각해보니, 그 이유들이 나에게는 빈약하게 느껴졌고, 이 여행이 두려워졌다.

그러나 뤽은 한 번 더 나를 놀라게 했다. 그는 걱정스러운 표정으로 기차역 플랫폼에 서 있었다. 그는 나를 보더니 반가워했다. 나는 기차에서 내렸다. 그가 나를 두 팔로 끌어안고 가볍게 키스했다.

"안색이 좋군. 네가 와서 기분이 좋은걸."

"당신도요."

내가 말했다. 그의 안색을 암시하는 말이었다.

사실 그는 햇볕에 그을렸고, 여위었고, 파리에서보다 훨씬 더 잘생겨 보였다.

"너도 알겠지만, 아비뇽에 머물러 있어야만 할 이유는 전혀 없어. 바다를 보러 가자고. 결국 그것 때문에 여기 온 거니까. 나중에 결정하자고."

그의 자동차가 역 앞에 세워져 있었다. 그는 내 여행가방을 뒷좌석에 던졌고, 우리는 출발했다. 난 완전히 얼이 빠진 기분이었고, 거꾸로 조금 실망스러웠다. 나는 바다에 간다는 생각을 미처 떠올리지 못했고, 바다에 간다는 것이 그리 유혹적이지도, 그리

즐겁지도 않았다.

플라타너스가 줄지어 늘어선 길은 아름다웠다. 뤽이 담배를 피웠고, 우리는 덮개를 내리고 햇빛을 받으며 속도를 높였다. 나는 속으로 생각했다. '자, 다 왔어. 지금부터 시작이야.' 하지만 그것은 내게 아무런 상관도 없었다. 아무런 상관도. 나는 책 한 권을 들고 내 포플러 아래에 누워 있을 수도 있었다. 사건에 대한 이러한 일종의 부재 심리는 결국 내 기분이 명랑해지는 것으로 끝이 났다. 나는 그에게 몸을 돌리고 담배 한 개비만 달라고 했다. 그가 빙그레 웃었다.

"좀 나아졌어?"

나는 웃음을 터뜨렸다.

"네, 좀 나아졌어요. 내가 당신과 함께 무엇을 할지 조금 궁금하네요. 뭐, 그게 전부예요."

"넌 아무것도 하지 않을 거야. 너는 산책을 하고, 담배를 피우고, 지루해지지 않을지 궁금해할 거야. 키스해도 되겠어?"

그가 자동차를 세우고 내 어깨를 끌어안더니 내게 키스했다. 그것은 서로를 확인하는 우리 사이의 아주 좋은 방식이었다. 나는 그의 입에 내 입을 댄 채 조금 웃었고, 우리는 다시 출발했다.

그가 내 손을 잡았다. 그는 나를 잘 알고 있었다. 두 달 전부터 나는 나와 상관이 없는 비탄 속에 고정된 채 반쯤 낯선 사람들과 함께 살아왔고, 지금은 너무나 감미롭게도, 삶이 다시 시작되고 있는 것처럼 여겨졌다.

바다는 놀라운 어떤 것이었다. 나는 프랑수아즈가 여기 없는 까닭에 바다가 붉은 바위들과 노란 모래를 배경으로 정말로 파랗다는 것을, 그리고 그것이 아주 멋져 보인다는 것을 그녀에게 말해줄 수 없어서 잠시 안타까웠다. 나는 뤽이 승리감에 찬 표정으로 내 반응을 살피며 나에게 바다를 보여줄까 봐, 그래서 내가 형용사들과 경탄의 몸짓으로 응수해야만 할까 봐 조금 두려웠다. 그러나 그는 생 라파엘에 도착하자 손가락으로 바다를 가리키기만 했다.

"자, 바다야."

밤에 우리는 천천히 차를 달렸다. 창백했던 바다가 우리 가까이에서 잿빛이 되어갔다. 칸에서 뤽은 커다란 호텔 앞, 크루아제트 대로 위에 자동차를 세웠다. 호텔 로비에 들어서자 공포가 느껴졌다. 나는 만족스러워하기에 앞서 먼저 이 로비의 장식들을, 호텔의 보이들을 잊어버려야 한다는 사실을, 그것들을 친숙한 존재들로, 나에게 시선을 주지 않는, 내게 위험하지 않은 존재들로 변형시켜야 한다는 사실을 알았다. 뤽이 계산대 뒤에 있는 거만한 남자와 장황하게 이야기를 나누었다. 나는 다른 곳에 가 있고 싶었다. 그는 그것을 느끼고 내 어깨 위에 손을 올려놓더니, 로비를 가로질러 나를 방으로 안내했다. 방은 넓었고, 거의 흰색 일색이었다. 발코니로 통하는 창문 두 개가 바다를 향해 나 있었다. 짐꾼들, 짐들, 열린 창문들, 옷장 때문에 웅성거리는 소리가 났다. 나는 두 팔을 건들건들 흔들면서, 반응을 보이는 능력이 부족한 나 자신에게 화가 난 채 방 한가운데에 서 있었다.

"자."

뤽이 말했다.

그는 방을 휘 둘러보며 만족스러운 눈길을 던지고는, 발코니로 가 아래로 몸을 기울였다.

"이리 와서 좀 봐."

나는 조금 거리를 두고 그의 옆에 서서 발코니 난간에 팔꿈치를 괴었다. 나는 바깥을 내다보고 싶은 마음도, 내가 잘 알지 못하는 이 남자와 친한 척 굴고 싶은 마음도 없었다. 그가 나에게 짧은 시선을 던졌다.

"이런, 다시 딱딱한 껍질 속으로 들어가버렸군. 가서 나와 함께 해수욕을 한 뒤 한잔하자고. 너 같은 아이는 쾌활해지려면 안락함과 알코올이 필요하거든."

그의 말이 옳았다. 나는 자세를 바꿔 한 손에 잔을 들고 그의 옆에서 팔꿈치를 괴었다. 그리고 욕실과 바다에 대한 수많은 찬사를 그에게 늘어놓았다. 내가 아주 아름답다고 그는 말했다. 나는 그 역시 그렇다고 대답했고, 우리는 종려나무와 만족스러운 표정을 한 사람들의 무리를 바라보았다. 잠시 후, 그가 내게 두 잔째의 위스키를 따라준 후 옷을 갈아입으러 갔다. 나는 콧노래를 흥얼거리며 두꺼운 양탄자 위를 맨발로 거닐었다.

저녁 식사 시간은 잘 지나갔다. 우리는 충분한 분별력과 애정을 갖고 프랑수아즈에 대해, 베르트랑에 대해 이야기했다. 나는 베르트랑을 만나지 않기를 바랐다. 그러나 뤽은 여기서 우리가 틀림없이 누군가를 마주칠 것이고, 그 사람은 베르트랑이나 프랑수아즈에게 모든 것을 이야기하는 기쁨을 누릴 거라고 말했다. 그리고 돌아갈 때에는 그것에 대해 걱정을 하게 될 거라고. 그가 나 때문에 그런 위험을 무릅썼다고 생각하니 감동스러웠다. 나는 하품을 하면서 그에게 그렇게 말했다. 졸려서 견딜 수가 없었기 때문이다. 나는 또 그에게 일을 처리하는 그의 방식이 마음에 든다고 말했다.

"아주 기분 좋은 방식이에요. 당신은 그러기로 결정을 했고, 그것을 했고, 결과를 받아들이잖아요. 당신은 두려움이 없어요."

"내가 무엇을 두려워해야 하는데? 베르트랑이 나를 죽이지는 않을 거고, 프랑수아즈는 나를 떠나지 않을 거야. 너는 나를 사랑하지 않을 거고."

그가 야릇한 슬픔이 묻은 목소리로 말했다.

내가 당황해서 대꾸했다.

"혹시 베르트랑이 나를 죽일지도 모르죠."

"그것 참 지나치게 친절한 일이군. 하기야 모든 사람이 친절하지."

"심술궂은 사람들은 더 처치 곤란하다면서요. 당신이 내게 해준 말인데."

"맞아. 그런데 시간이 늦었군. 가서 자도록 하지."

그는 자연스럽게 그 말을 했다. 우리의 대화 속에 정욕을 불러일으키는 것은 아무것도 없었다. 하지만 그 '가서 자도록 하지.'

라는 말이 내게는 약간 무례하게 느껴졌다. 확실히 나는 두려웠다. 다가올 그 밤이 무척 두려웠다.

욕실에서 나는 떨리는 손으로 잠옷을 입었다. 꽤나 학생다운 잠옷이었다. 내겐 그것 말고 다른 잠옷이 없었다. 욕실에서 나와서 보니 뤽은 벌써 누워 있었다. 그는 얼굴을 창문 쪽으로 돌린 채 담배를 피우고 있었다. 나는 그의 옆으로 미끄러져 들어갔다. 그가 나를 향해 조용히 한 손을 뻗더니 내 손을 잡았다. 나는 몸을 떨었다.

"그 잠옷 벗어, 이 바보 아가씨야. 곧 구겨질 테니까. 이런 밤 날씨에 추운 거야? 어디 아파?"

그는 나를 끌어안고 조심스러운 몸짓으로 내 잠옷을 벗긴 뒤, 벗긴 잠옷을 동그랗게 뭉쳐 방바닥에 던졌다. 나는 어쨌거나 잠옷이 구겨졌다는 사실을 그에게 환기시켰다. 그가 작은 소리로 웃었다. 이윽고 그의 모든 행동이 믿을 수 없을 만큼 부드러워졌다. 그는 조용히 내 어깨와 입에 키스를 했고, 계속해서 이야기를 했다.

"너에게서 따뜻한 풀냄새가 나. 이 방 마음에 들어? 마음에 안 들면 다른 곳으로 갈 수도 있어. 칸에는 쾌적한 호텔이 많거든……."

내가 대답했다.

"네, 네."

목멘 소리로.

나는 내일 아침이 오기를 너무나 바랐다. 그가 나에게서 조금 떨어져서 손을 내 엉덩이에 얹었을 때, 나는 동요에 사로잡혔다. 그가 나를 애무했고, 나는 그의 목에, 그의 벗은 상반신에, 창문으로 보이는 저 위 하늘 밑 이 검은 그늘 속에서 내가 만질 수 있는 모든 것에 키스했다. 마침내 그가 내 두 다리 사이로 자신의 다리를 미끄러지듯 들이밀었다. 나는 두 손으로 그의 등을 어루만졌다. 우리는 함께 한숨을 쉬었다. 그후에는 더 이상 아무것도 보이지 않았다. 칸의 하늘조차도. 나는 죽을 것만 같았다. 나는 죽을 터였다. 그리고 죽지 않을 터였다. 나는 정신을 잃어가고 있었다. 그 나머지 것들은 모두 소용없었다. 어떻게 그것을 내내 모르고 있었단 말인가? 우리의 몸이 서로 떨어졌을 때, 뤽이 다시 눈을 뜨고 내게 웃어 보였다. 나는 그의 팔에 머리를 대고 잠이 들었다.

2

 사람들은 늘 내게 말했다. 누군가와 함께 사는 일은 무척 힘들다고. 나는 그럴 거라고 생각했다. 그러나 뤽과 함께한 이 짧은 체류 동안 정말로 그것을 경험하지는 못했다. 나는 그럴 거라고 생각했다. 왜냐하면 그와 함께 있으면서 결코 긴장을 풀 수가 없었기 때문이다. 나는 그가 지루해할까 봐 두려웠다. 그리고 보니, 내가 일반적으로 다른 사람들이 나와 함께 있을 때 지루해하는 것보다 다른 사람들과 함께 있을 때 나 자신이 지루해지는 것을 더 걱정했다는 사실을 주목하지 않을 수 없었다. 정반대가 되어버린 이 상황이 나는 걱정스러웠다. 하지만 내가 뤽 같은 사람과 함께 사는 것이 힘들다고 생각이나 할 수 있었겠는가? 그는 대단한 것을 말하지 않고, 아무것도 묻지 않고(특히 "무슨 생각을 하고 있어?" 같은), 내가 함께 있다는 것에 대해 변함없이 만족스러운 표정을 짓고 있으며, 무관심의 표시도, 열정의 요구도 보여주지 않는데 말이다. 우리는 같은 보폭을, 같은 습관을, 같은 생활리듬을 갖고 있었다. 우리는 서로를 마음에 들어했고, 모든 것이 잘되어갔다. 나는 그가 누군가를 사랑하고, 그 사람을 알고, 그 사람의 고독을 깨뜨리기 위해 필요한 엄청난 노력을 하지 않는 것에 대해 유감스럽게 여길 수 없었다. 우리는 친구였고 연인이었다. 우리는 새파란 지중해 속에서 함께 해수욕을 했다. 햇빛 때문에 멍해진 채 별다른 이야기 없이 점심을 먹었고, 그런 다음에는 호텔로 돌아왔다. 때때로 나는 그의 팔에 안겨, 사랑을 뒤쫓는 그 한없는 상냥함 속에서 이렇게 말하고 싶었다. '뤽, 나를 사랑해봐요. 노력해요. 우리 노력해봐요.' 그러나 나는 그에게 이 말을 하지 않았다. 나는 그의 이마에, 그의 눈에, 그의 입에, 이 새로운 얼굴의 튀어나온 모든 부분에 키스하는 것으로 만족했다. 눈 그리고 그 다음에 입술을 발견하게 하는 그 감성적인 얼굴. 나는 한 얼굴을 이토록 좋아해본 적이 없었다. 심지어 나는 그의 두 뺨조차 좋아했다. 그때까지 뺨은 나에게 늘 얼굴의 '물고기' 같은 측면, 살이 없는 부분처럼 보였기 때문이다. 나는 프루스트가 알베르틴의 두 뺨에 대해 길게 이야기한 것을 이해하게 되었다. 뤽의 뺨에 내 얼굴을 대고 있으면, 뺨에서 자라나고 있는 신선하고 약간 까칠까칠한 턱수염이 느껴졌기 때문이다. 그는 또한 나로 하여금 내 육체를 발견하게 했으며, 그것에 대해 관심을 갖고, 추잡하지 않게, 마치 소중한 어떤 것에 이야기하듯 나에게 이야기했다. 그러나 관능성이 우리의 관계를 이끌어간 것은 아니었다. 우리의 관계를 이끌어간 것은 다른 어떤 것, 연극들의 피곤함, 말들의 피곤함, 아주 짧은 피곤함 속에 존재한 일종의 잔인한 공모의식이었다.

저녁 식사 후, 우리는 늘 같은 바로 발걸음을 옮겼다. 앙티브 거리 뒤에 있는, 조금 을씨년스러운 분위기의 바였다. 거기에는 작은 오케스트라가 있었고, 바에 도착하면 뤽은 그 오케스트라에게 내가 그에게 이야기했던 〈론 앤드 스위트〉를 신청했다. 그는 고개를 돌려 승리감에 찬 표정으로 나를 바라보았다.

"네가 원하는 게 바로 이 곡이지?"

"그래요. 그걸 생각해냈다니 친절하시네요."

"이 곡을 들으면 베르트랑이 생각나나?"

나는 조금은 그렇다고 대답했다. 꽤 오래전부터 이 곡이 든 레코드판이 전축 상자 안에 들어 있다고. 그가 속상한 표정을 지었다.

"그것 참 서글픈 일이군. 하지만 뭐, 우린 다른 곡을 찾아내게 될 테니까."

"왜요?"

"사람이 하나의 관계를 맺게 될 땐, 그 관계에 맞는 분위기와 향기를 선택해야 하니까. 말하자면 미래를 위해, 나중에 분간해 낼 수 있는 표시로 말이야."

그 말에 내가 괴상한 표정을 지었던 것 같다. 그가 웃음을 터뜨렸기 때문이다.

'네 나이 땐 미래에 대해 생각하지 않지. 나로 말하자면, 레코드판들과 함께하는 쾌적한 노후를 준비하고 있어."

"레코드판을 많이 갖고 있나요?"

"아니."

"그것 참 안됐네요. 나 같으면 당신 나이쯤 됐을 땐 레코드판을 레코드 수납장 한 개 분량은 갖고 있을 것 같은데요."

내가 화를 내며 말했다.

그가 조심스럽게 내 손을 잡았다.

"상처받았어?"

"아뇨. 하지만 일 년 혹은 이 년 뒤에 내 삶의 일주일이, 한 남자와 함께했던 생생한 일주일이 고작 레코드판 하나에 담겨버린다고 생각하니 조금 우습네요. 더구나 그 남자가 벌써 그 사실을 알고 그것을 입 밖에 내어 말한다니 말이에요."

내가 무기력한 목소리로 말했다.

나는 화가 난 나머지 눈에 눈물까지 차올랐다. 그가 "상처받았어?"라고 나에게 말한 방식 때문이었다. 사람들이 내게 어떤 특정한 어조로 이야기할 때, 나는 늘 신음하고 싶은 기분이 들곤 했다.

"그것 말고는 상처받은 것 없어요."

내가 신경질적으로 덧붙였다.

뤽이 말했다.

"가서 춤이나 추지."

그가 나를 끌어안았고, 우리는 베르트랑의 곡에 맞춰 춤을 추기 시작했다. 하지만 그 곡은 내 전축 상자에 들어 있는 아주 좋은 그 곡과 닮은 데가 전혀 없었다. 춤추면서 갑자기 뤽이 '절망적인 상냥함'이라고 부를 만한 태도로 나를 와락 부둥켜안았고, 나는 그에게 매달렸다. 잠시 후 그가 나를 품에서 떼어놓았고, 우리는 다른 것에 대해 이야기를 나눴다. 우리는 귀에 들어오는 곡을 발견하게 되었다. 도처에서 그 곡이 연주되고 있었기 때문이다.

조금 전의 가벼운 말다툼을 빼면, 나는 잘 지내고 있었다. 나는 즐거웠고, 우리의 작은 연애사건이 아주 성공적으로 느껴졌다. 그리고 나는 그에게 경탄했다. 나는 그의 지성, 그의 안정감, 그가 냉소도 아첨도 하지 않고 사물들에 정확한 중요성을, 그것들의 무게를 부여하는 남자다운 방식에 경탄할 수밖에 없었다. 그리고 나는 때때로 자극적으로 그에게 이렇게 말하고 싶을 뿐이었다. "하지만 당신은 왜 나를 사랑하지 않는 거죠? 나에겐 그편이 훨씬 마음 놓이는 일일까요? 왜 우리 사이에 일종의 열정의 유리벽을 세우지 않는 거죠? 때로는 상대의 모습을 심하게 왜곡시키지만 너무도 편안한 그 유리벽을?" 아니다. 우리는 같은 부류의 사람들이었다. 동맹을 맺고 공범을 저지른. 나는 대상이 될 수 없었고, 그 역시 주체가 될 수 없었다. 그럴 수 있는 가능성도, 그럴 힘도, 그러고 싶은 욕망도 없었다.

예정된 일주일이 끝나가고 있었다. 뤽은 출발에 대해 이야기하지 않았다. 우리는 피부가 많이 그을렸고, 이야기를 하고, 술을 마시고, 새벽을 기다리며 바에서 보낸 밤들 때문에 얼굴이 조금 상해 있었다. 인간성이 결여된 바다 위의 하얀 새벽, 움직이지 않고 정박해 있는 모든 배, 우아하고 갈매기를 광적으로 좋아하는, 호텔의 지붕 밑에 잠들어 있는 사람들. 그때쯤 되면 우리는 졸고 있는 늘 같은 웨이터에게 인사를 하고 호텔방으로 돌아갔다. 그리고 뤽은 나를 품에 끌어안았고, 피곤해서 반쯤 현기증이 이는 상태에서 나를 사랑해주었다. 우리는 해수욕을 하기 위해 정오쯤 잠에서 깨어났다.

그날 아침—마지막 아침이 될 터였다—나는 그가 나를 사랑한다고 믿었다. 그가 뭔가 주저하는 태도로 방 안을 이리저리 거니는 바람에 나는 수상한 느낌이 들었다.

"가족에게 뭐라고 말하고 왔지? 언제 돌아간다고 했어?"

"가족에겐 이렇게 말했어요. '일주일쯤 걸릴 거예요.'"

"괜찮다면 혹시 일주일 더 있을 수 있어?"

"네……."

나는 내가 떠나야 한다는 사실을 정말로 단 한 번도 생각해보지 않았다는 사실을 깨달았다. 내 삶은 이 호텔 안에서 흘러갈 것 같았다. 그 삶은 마치 커다란 배를 타고 있는 것처럼 흐뭇하고, 편안해지고 있었다. 뤽과 함께라면 내 모든 밤이 하얀 밤이 될 터였다. 우리는 잠정적인 것들에 대해 이야기를 나누며 천천히 겨울을 향해, 죽음을 향해 가고 있었다.

"하지만 프랑수아즈가 당신을 기다릴 것 같은데요?"

"그건 처리할 수 있어. 나는 칸을 떠나고 싶은 마음이 없어. 칸도, 그리고 너도."

그가 말했다.

"나도 그래요."

내가 조용하고 다소곳한, 같은 목소리로 대답했다.

그와 같은 음색의 목소리. 한순간 아마도 그가 나를 사랑하는 것 같다는, 하지만 그가 나에게 그것을 말하고 싶어 하지 않는다는 생각이 들었다. 그러자 가슴속에서 심장이 마구 뛰었다. 다음 순간, 이것은 말의 문제일 뿐이라는 생각이, 사실 그는 나를 무척 좋아하고, 그것으로 충분하다는 생각이 들었다. 우리는 행복한 일주일을 더 보내기로 합의를 본 것뿐이었다. 나중에 나는 그를 떠나야 할 것이다. 그를 떠난다, 그를 떠난다…… 무슨 이유로? 누구를 위해? 무엇을 하기 위해? 불안정한 그 지루함으로, 곳곳에 흩뿌려진 그 고독으로 돌아가기 위해? 적어도 그가 나를 바라볼 때 나는 그가 보였다. 그가 나에게 이야기를 할 때 나는 그를 이해하고 싶었다. 그는 내 흥미를 끌었다. 그, 나는 그가 행복하기를 원했다. 그, 뤽, 내 연인.

"좋은 생각이에요. 사실 나도 출발을 생각하지 않고 있었거든요."

내가 덧붙여 말했다.

"넌 아무 생각도 하지 않잖아."

그가 웃으며 말했다.

"당신과 함께 있을 땐 그렇죠."

"왜? 넌 네가 젊고 책임질 일이 없다고 느끼니?"

그가 빈정거리는 미소를 지었다. 내가 그런 의도를 내비쳤는지, 그는 우리 두 사람이 '소녀와 훌륭한 보호자'인 양하는 태도를 재빨리 지워버렸다. 다행히도 나는 내가 완전한 성인이라고 느끼고 있었다. 성인이고 모든 것에 무감각해졌다고.

"아뇨, 난 내게 전적으로 책임이 있다고 느껴요. 하지만 무엇에 대해서요? 내 삶에 대해서? 내 삶은 아주 유연하고 말랑말랑해요. 나는 불행하지 않아요. 난 만족스러워요. 행복하기까지 한 건 아니지만요. 난 아무것도 아니에요. 당신과 함께 있을 때만 빼고요."

내가 말했다.

"완벽하군. 나도 너와 함께 있는 게 아주 좋아."

그가 말했다.

"그럼 가르랑거리도록 하죠."

그가 웃음을 터뜨렸다.

"넌 꼭 화난 고양이 같아. 사람들이 네 적은 분량의 일상적 부조리와 절망을 비난할 때 말이야. 나는 네가 말하는 것처럼 너를 '가르랑거리도록' 만드는 데 집착하지 않아! 나와 함께 있을 때 네가 지극한 행복을 느끼도록 하는 데도 집착하지 않지. 그런다면 난 지루해질 거야."

"왜요?"

"내가 혼자라고 느껴질 테니까. 프랑수아즈가 나를 겁나게 하는 유일한 부분이 바로 그 점이야. 그녀가 내 옆에 있을 때, 그녀는 아무 말도 하지 않고, 그냥 그것으로 만족스러워하거든. 다른 관점에서 봤을 때 한 여자를 행복하게 해준다는 건 남자로서, 사회적으로 굉장히 기분 좋은 일이지. 그 이유가 뭔지 궁금하더라도 말이야."

"그렇다면 완벽하네요. 프랑수아즈는 당신 때문에 행복하고,

난 돌아갈 때 당신 때문에 조금 불행해질 테고."

내가 단숨에 말했다.

나는 지금껏 이런 말을 입 밖에 내본 적이 없었고, 그 말이 후회가 되었다. 그가 내 쪽으로 몸을 돌렸다.

"너, 불행하니?"

나는 조금 어찌할 바 모르는 심정이 되어 미소를 지으며 대답했다.

"아뇨. 난 나에게 열중해줄 누군가를 찾아내야 할 거예요. 하지만 당신만한 적임자는 아무도 없겠죠."

"나에게 그런 말을 하면 안 되지."

그가 화난 표정으로 말했다.

그러더니 곧 얼굴이 환해졌다.

"아니, 좋아. 그런 말을 해도 좋아. 무슨 말이든 하도록 해. 만약 그 녀석이 불쾌한 녀석이면, 내가 그 녀석을 두들겨 패주겠어. 그렇지 않다면, 너에게 그 녀석을 칭찬해주겠어. 진짜 아버지처럼 말이야."

그가 내 손을 잡고 뒤집더니 손바닥에 부드럽고 느리게 키스를 했다. 나는 기울어진 그의 목덜미에 다른 쪽 손을 아무렇게나

올려놓았다. 그는 무척 젊고, 무척 상처받기 쉽고, 무척 선량했다. 이 남자는 나에게 내일 없는, 감상(感傷) 없는 모험을 제안했다. 그는 정직했다.

"우리는 정직한 사람들이에요."

내가 과장된 어조로 말했다.

"맞아. 그런데 그런 식으로 담배 피우지 마. 정직해 보이지 않잖아."

그가 웃으며 대꾸했다.

나는 물방울 무늬 실내복 차림으로 자리에서 일어났다.

"그런데 내가 정말 정직한 여자예요? 난 다른 여자의 남편과 함께 이 호화롭고 불건전한 건물에서 뭘 하고 있는 거죠? 이런 창녀 같은 옷차림으로? 나는 딴 생각을 하면서 남의 가정을 깨뜨리는, 생 제르맹 데 프레(파리의 센 강 좌안에 있는 지역. 제2차 세계대전 직후 실존주의자들이 모여 토론을 하던 유행의 본고장이자 카페가 많이 들어서 있는 관광명소이다—옮긴이)의 타락한 아가씨들의 전형이 아닐까요?"

"그래. 그리고 나는 한 여자의 남편이지. 지금까지는 좋은 남편의 본보기였어. 하지만 이제는 분별력을 잃고 방황하는 비둘기가 되었어. 불쌍한 비둘기…… 이리 와……."

그가 풀 죽은 어조로 말했다.

"싫어, 싫어요. 난 당신을 거부하니까. 나는 비열하게도 당신을 속여넘겼죠. 난 당신의 혈관 속에 음란한 불을 지폈지만, 나 자신이 그것을 진정시키는 건 거부해요. 그게 이유예요."

그가 두 손으로 머리를 감싸쥔 채 침대 위에 쓰러졌다. 나는 심각한 표정으로 그의 옆에 가서 앉았다. 그리고 그가 머리를 다시 들자, 그를 냉담하게 응시했다.

"나는 탕녀예요."

"그러면 나는?"

"불행한 인간 쓰레기. 한때는 인간이었던…… 뤽! 이제 일주일 남았어요!"

나는 그의 옆에 쓰러지듯 무너져, 그의 머리칼에 내 머리칼을 마구 비볐다. 내 뺨에 느껴지는 그는 불타는 듯하면서도 신선했다. 그에게서 바다 냄새가, 소금기가 느껴졌다.

나는 혼자였다. 호텔 앞의 바다를 향해 놓여 있는 긴 의자에 앉아 있는 것도 만족감이 없지는 않았다. 옆에는 나이 든 영국 여자 몇 명이 있었다. 오전 열한 시였고, 뤽은 복잡한 용무들을 처리하러 니스에 가야 했다. 나는 니스를 꽤 좋아했다. 최소한 기차역과 프롬나드 데 장글레(니스에 있는 산책로 이름―옮긴이) 사이에 펼쳐져 있는 니스의 보잘것없는 해변을 좋아했다. 하지만 나는 그와 동반하는 것을 거절했다. 갑자기 혼자 있고 싶은 생각이 간절했기 때문이다.

나는 혼자였다. 나는 하품을 했다. 불면증 때문에 진이 빠져 있었다. 그러나 마음은 퍽 편했다. 담배에 불을 붙이려고 하니 성냥 끄트머리를 잡은 손이 바들바들 떨려오는 것을 억제할 수가 없었다. 그리 뜨겁지 않은 9월의 태양이 내 뺨을 어루만졌다. 나는 나 자신과 조화롭게 잘 지내고 있었다. "우린 피곤할 때만 마음이 편하군." 뤽이 말했다. 내가 그런 부류의 사람 중 한 명인 것은 사실이었다. 생명력의 어떤 부분, 요구가 많고 권태 때문에 무거운 부분이 속에서 죽어버렸을 때만 비로소 마음 편히 지낼 수 있는 부류. 그 부분은 이런 질문을 제기한다. '네 삶을 어떻게 할 건데? 네 삶으로 무엇을 하고 싶은데?' 이 질문에 나는 이렇게 대답할 수밖에 없다. '아무것도.'

아주 잘생긴 젊은 남자 한 명이 내 앞을 지나갔다. 나는 내게는 대단한 것으로 여겨지는 무관심한 태도로 그를 잠시 훑어보았다. 아름다움이라는 것은 일반적으로 일정한 정도에 이르면 나에게 거북한 느낌을 안겨주었다. 내게는 아름다움이라는 것이 외설스러운 것, 외설스럽고 접근할 수 없는 어떤 것으로 여겨졌다. 나는 그 젊은 남자가 보기에는 좋지만 현실성이 결여된 사람으로 느껴졌다. 뤽이 다른 남자들을 지워버렸던 것이다. 반면 나는 그에게서 다른 여자들을 지워버리지 못했다. 뤽은 신이 나서 논평 없이 다른 여자들을 바라보곤 했다.

갑자기 바다가 안개 속에 잠겨 보였다. 나는 숨이 막혔다. 이마에 손을 얹었다. 이마가 땀으로 흥건했다. 머리카락도 뿌리까지 땀에 젖어 있었다. 땀 한 방울이 등허리를 타고 천천히 흘러내렸다. 틀림없이 죽음이 이럴 것 같았다. 파란 안개, 가벼운 추락. 나는 죽을 수도 있을 것이다. 그렇다면 난 발버둥치지 않을 텐데.

나는 내 양심에 가벼운 상처를 입히는, 그리고 즉시 발끝으로 도망갈 준비가 되어 있는 이 구절을 붙잡았다. '난 발버둥치지 않을 것이다.' 하지만 나는 어떤 것들을 맹렬히 좋아했다. 파리, 향기들, 책들, 사랑 그리고 뤽과 함께하는 현재의 삶. 나는 아마도 그 누구와도 뤽하고만큼 잘 지낼 수 없으리라는 사실을, 뤽이 영원히 나를 위해 만들어진 사람이라는 사실을, 그리고 운명적인 만남이 존재한다는 사실을 직감적으로 깨달았다. 내 운명은 뤽이 나를 떠난다는 것, 내가 다른 누군가와 함께 다시 시작하려고 노력해야 한다는 것이었다. 그리고 물론 나는 그렇게 할 터였다. 하지만 그 누구와 함께해도 결코 뤽과 함께 있는 것 같지는 않을 것이다. 홀로일 때가 거의 없고, 너무나 평온하고, 내면적으로 거의 주저함이 없는. 그는 그저 자기 아내를 만나러 갈 것이다. 나를 파리의 내 방에 버려두고, 나를 기나긴 오후와 함께, 절망의 충격과 불행하게 끝난 관계들과 함께 남겨두고. 나는 나 자신에 대한 동정심에 사로잡혀 거짓 눈물을 흘리기 시작했다.

삼 분쯤 지난 뒤, 나는 코를 풀었다. 내 옆의 옆 긴 의자에 앉은 나이 든 영국 여자가 동정심은 전혀 없이, 내 얼굴이 붉어질 정도의 호기심으로 뚫어질 듯 나를 바라보았다. 이번엔 내가 그녀를 주의 깊게 바라보았다. 한순간 나는 그녀에 대한 믿을 수 없는 존경심에 사로잡혔다. 그것은 하나의 인간 존재였다. 다른 인간 존재였다. 그녀가 나를 바라보았고, 나도 그녀를 바라보았다. 두 사람 다 일종의 계시에 현혹된 것처럼 햇빛 속에 꼼짝 않고 붙박인 채. 두 인간 존재는 같은 언어로 말하지 않았으며, 둘다 놀라서 서로를 바라보고 있었다. 조금 있으니 그녀가 일어나서 지팡이에 의지해 다리를 절면서 떠나버렸다.

행복은 표시가 없는, 평평한 사물이다. 칸에서 지낸 그 기간 역시 나에게 그 어떤 상세한 추억도 남겨주지 않았다. 불행했던 몇몇 순간, 뤽의 웃음들, 침실에서의 기억, 밤, 여름 미모사의 애원하는 듯하는 퇴색한 향기를 제외하고는. 아마도 나 같은 사람들에게 행복은 일종의 부재일 뿐인지도 모른다. 권태의 부재, 신뢰의 부재. 지금 나는 그 부재를 잘 알고 있다. 그렇기 때문에 이따금 뤽의 눈길과 마주칠 때면 결국 모든 것이 문제 없다는 인상조차 받게 된다. 그는 내 입장에서 세상을 건디고 있었다. 그는 미소를 띤 채 나를 바라보고 있었다. 나는 그가 왜 미소 짓는지 알고 있었고, 나 또한 미소 짓고 싶었다.

나는 어느 아침의 열광의 순간을 기억한다. 뤽은 모래사장에 길게 누워 있었고, 나는 일종의 뗏목 같은 것 위에서 다이빙을 하고 있었다. 잠시 후, 나는 다이빙대의 맨 꼭대기 구름판 위로 올라갔다. 모래사장에 있는 뤽과 다른 사람들이 보였다. 그리고 너그러운 바다가 나를 기다리고 있었다. 나는 바닷속으로 뛰어들어, 그 속에 잠기려 하고 있었다. 나는 아주 높은 곳에서 뛰어

내릴 터였고, 추락하는 동안 치명적으로 혼자일 터였다. 뤽이 나를 바라보았다. 그가 빈정거리는 공포의 몸짓을 했고 나는 뛰어내렸다. 바다가 나를 향해 물결쳤다. 바다에 다다를 때 통증이 느껴졌다. 나는 해안으로 다시 나왔고 뤽에게 물을 흩뿌리며 몸을 기대고 쓰러졌다. 그런 다음 그의 물기 없는 등에 내 머리를 기대고 그의 어깨에 키스를 했다.

"너 미친 거니…… 아니면 단순히 스포츠를 좋아하는 거니?"

뤽이 물었다.

"미쳤어요."

"나도 그럴 거라고 자랑스럽게 생각했어. 네가 나에게 오기 위해 저렇게 높은 곳에서 뛰어내렸다고 생각하니 난 몹시 행복했어."

"당신 행복해요? 나도 행복해요. 내가 그것을 요구하지 않는 한 난 어떤 경우에든 행복할 거예요. 이건 공리(公理)예요, 그렇지 않아요?"

그가 배를 깔고 엎드려 있었기 때문에, 나는 그를 쳐다보지 않고 이야기했다. 내 눈엔 그의 목덜미만 보였다. 그의 목덜미는 갈색으로 그을려 있었고 단단했다.

"내가 당신을 좋은 상태로 프랑수아즈에게 데려다줄게요."
나는 익살스럽게 말했다.

"냉소적인데!"

"당신은 우리보다는 훨씬 덜 냉소적이죠. 보통, 여자들은 굉장히 냉소적이거든요. 나와 프랑수아즈 사이에서 당신은 어린 소년일 뿐이에요."

"잘난 척하기는."

"당신이 우리보다 훨씬 더 잘난 척하죠. 잘난 척하는 여자들은 곧바로 우스꽝스러워지거든요. 남자들의 경우엔, 잘난 척하는 행동이 그들이 갈고 닦는 가짜 남성성을 강화시켜주고요······."

"그 공리 이야기 다 끝났어? 그렇다면 내게 날씨 얘기나 좀 해줘. 바캉스 동안엔 그게 두루 허락받는 유일한 화제잖아."

"좋아요, 날씨는 아주 좋아요."

내가 대답했다. 그런 다음 몸을 돌려 등을 바닥에 대고 잠이 들었다.

내가 잠에서 깨어났을 때, 하늘은 구름에 덮여 있고, 해변은 황량했다. 입은 바싹바싹 마르고 힘이 하나도 없었다. 뤽은 옷을 다 입은 채 내게서 가까운 모래사장 위에 앉아 있었다. 그는 바다를 바라보면서 담배를 피우고 있었다. 한동안 나는 깨어났다는 티를 내지 않고 그를 바라보며 가만히 있었다. 난생처음으로 순수하게 객관적인 호기심이 일었다. '이 남자는 무슨 생각을 하고 있을까?' 한 인간 존재가 텅 빈 해변에서 텅 빈 바다를 마주하고, 잠자고 있는 사람 옆에서 무슨 생각을 할 수 있을까? 나는 이 세 가지 부재에 너무나 짓눌린, 너무나 홀로인 그를 바라보았다. 나는 한 손을 뻗어 그의 팔을 만졌다. 그는 소스라쳐 놀라지도 않았다. 그는 소스라쳐 놀라는 법이 결코 없었고, 조금 놀라는 일도 거의 없었으며, 크게 소리지르는 일도 드물었다.

"깼어?"

그가 느긋하게 말했다. 다음 순간, 그가 마지못한 듯 기지개를 켰다.

"벌써 네 시군."

"네 시요! 그럼 내가 네 시간이나 잤어요?"

나는 벌떡 일어났다.

"놀랄 것 없어. 우린 할 일도 없잖아."

뤽이 말했다.

이 말은 내게 불길하게 느껴졌다. 우리 두 사람이 할 일이 없는 것은 사실이었다. 공부할 것도 없었고, 함께 알고 지내는 친구들도 없었다.

"그래서 유감스러워요?"

내가 물었다.

그가 웃으며 나를 돌아다보았다.

"그래서 오히려 좋기만 한걸. 추울 테니 스웨터를 입어, 자기야. 호텔에 가서 차를 마시자고."

크루아제트 대로는 음산했다. 햇빛이 없었고, 늙은 종려나무는 맥없는 바람 아래에서 조금 흔들리고 있었다. 호텔은 잠들어 있었다. 우리는 차를 방으로 가져오게 했다. 나는 뜨거운 물로 목욕을 하고 뤽 옆에 다시 가서 누웠다. 뤽은 침대에 누워 이따금 담뱃재를 털어가며 책을 읽고 있었다. 하늘이 슬퍼 보여서 우리는 겉창을 닫았다. 방 안은 빛이 거의 없고 더웠다. 나는 시체 혹은 몸집이 거대한 남자처럼, 침대에 반듯이 누운 채 양손을 배 위에 교차하여 올려놓았다. 나는 눈을 감았다. 뤽이 책의 페이지를 넘기는 소리만 멀리서 들려오는 파도 부서지는 소리를 간간이 끊어놓았다.

나는 생각했다. '자, 나는 뤽 가까이에 있어. 뤽 곁에 있어. 그를 만지고 싶으면 손 하나만 뻗으면 돼. 난 그의 몸을, 그의 목소리를, 그가 자는 방식을 알고 있어. 그는 책을 읽고 있고, 난 조금 지루해. 그게 불쾌하지는 않아. 조금 있으면 우리는 저녁을 먹으러 갈 거고, 그런 다음에는 같이 잘 거야. 사흘이 지나면 우리는 떠날 거야. 그리고 나면 아마도 그는 더 이상 지금 같지 않을 거야. 하지만 지금 이 순간은 여기, 우리에게 속해 있어. 이것이 사랑인지 아니면 서로간의 합의인지 난 모르겠어. 아니, 그건 중요하지 않아. 지금은 우리 두 사람뿐이야. 우리 옆에는 서로뿐이야. 뤽은 내가 우리 생각을 하고 있다는 걸 몰라. 그는 책을 읽고 있어. 하지만 우리는 함께 있어. 그리고 나는 그가 나를 위해 가질 수 있는 따뜻한 부분과 무심한 부분을 갖고 있어. 여섯 달 뒤에, 우리가 헤어지게 될 때, 이 순간에 대한 기억이 다시 떠오르지는 않겠지. 오히려 다른, 내가 의도하지 않은 어리석은 기억만 떠오를 거야. 하지만 나는 아마도 이 순간을 가장 좋아하게 되겠지. 삶이 고요하고 비통하게 보인다고 생각했던 이 순간을.' 나는 팔을 뻗어 『프누이야르 가족』(프랑스 최초의 만화. 1889년 「주르날 드 라 죄네스」에 연재를 시작했고, 1893년 책으로 출간되었다—옮긴이)을 집어들었다. 뤽은 내가 그 책을 읽지 않았다고 몹시 비난했었다. 그리고 나는 뤽도 따라서 웃고 싶어 할 때까지 계속해서 웃어댔다. 우리는 볼을 맞대고 같은 페이지 위로 몸을 숙였다. 우리는 곧 입과 입을 마주 대게 되었다. 책이 바닥으로 떨어졌고, 쾌락이 우리를 덮쳤으며, 다른 사람들 위에는 밤이 내려앉았다.

마침내 떠나는 날이 왔다. 위선 때문에, 특히 두려움—그에게는 내가 감상에 빠지지 않을까 하는 두려움, 나에게는 그가 그렇다는 것을 느끼면서 정말로 내가 감상에 빠져버리지 않을까 하는 두려움—때문에 우리는 그 전날 밤 그것이 우리의 마지막 밤이라는 것을 암시하지 않았다. 다만 그날 밤 나는 일종의 패닉 상태에 사로잡혀 여러 번 잠에서 깨어났고, 이마로, 손으로 뤽을 찾았다. 함께하는 이 부드러운 잠의 짝이 여전히 존재한다는 것을 확인하기 위해. 그리고 그는 매번 그 두려움들을 숨어서 기다렸던 것처럼, 그의 잠이 모든 중압감을 덜어내기라도 한 것처럼 나를 품에 안고 한 손으로 내 목덜미를 힘주어 어루만졌다. 그리고는 동물을 안심시키려는 듯한 이상한 목소리로 "자, 자." 하고 중얼거렸다. 그것은 우리가 우리 뒤에 남겨두게 될, 미모사 향기에 짓눌린 혼란스러운 속삭임의 밤이었다. 반수 상태와 미지근

함에 짓눌린 밤이었다. 그리고 아침이 왔고, 아침 식사를 했다. 뤽은 짐을 꾸렸다. 나도 뤽과 길에 대해, 길 중간에 있는 식당 등에 대해 이야기하면서 내 짐을 꾸렸다. 나는 내 가장된 평온하고 씩씩한 말투에 조금 화가 난 상태였다. 왜냐하면 나는 내가 씩씩하다고 느껴지지 않았고 왜 그래야 하는지 알지 못했기 때문이다. 나는 아무것도 느끼지 못했다. 아마도 막연히 어찌할 바를 몰랐던 것 같다. 우리는 절반의 연극을 하고 있었다. 그러나 나는 그래도 조심하는 것이 신중한 태도라고 생각했다. 왜냐하면 그와 헤어지기 전에 내가 괴로워하는 일도 충분히 일어날 수 있었기 때문이다. 조심스러운 태도를, 행동을, 얼굴을 하는 편이 나았다.

마침내 그가 말했다.

"자, 그럼 다 준비된 거지. 짐을 옮겨달라고 벨을 눌러야겠군."

나는 상념에서 깨어났다.

"마지막으로 발코니에 가서 아래 좀 내려다봐요."

내가 신파조의 목소리로 말했다.

그가 걱정하는 얼굴로 나를 바라보더니, 내 표정을 보고는 웃음을 터뜨렸다.

"너는 정말이지 냉담하고 냉소적인 아이야. 난 네가 마음에 들어."

그가 방 한가운데서 나를 꼭 껴안았다. 그리고 몸을 부드럽게 흔들었다.

"누군가와 이 주일 동안 동거한 뒤에 '난 네가 마음에 들어.' 라고 말할 수 있다는 건 희귀한 일이라는 거 알지?"

"이건 동거가 아니죠. 이건 밀월여행이에요."

내가 웃으며 항의했다.

"그렇다면 더욱더!"

그가 내게서 몸을 떼어내며 말했다.

그 순간 나는 정말로 그가 나를 떠나는 듯한 느낌을 받았다. 그의 웃옷 깃을 움켜쥐고 싶었다. 그것은 매우 덧없고 불쾌한 기분이었다.

돌아가는 것은 일사천리로 진행되었다. 내가 운전도 조금 했다. 뤽이 밤이 되면 우리는 파리에 있을 거라고, 다음 날 나에게 전화를 하겠다고, 그리고 우리는 곧 프랑수아즈와 함께 저녁 식사를 하게 될 거라고 말했다. 그녀도 친정어머니와 함께 이 주일을 보낸 뒤 시골에서 곧 돌아올 것이기 때문에. 나에겐 그 모든 것이 조금 염려스러웠다. 하지만 뤽은 나에게 이 여행에 대한 어떤 암시도 하지 말라고만 충고했다. 그녀하고는 그가 잘 처리할 테니까. 나는 그 두 사람 사이에서 가을을 아무 탈 없이 보내게 되리라. 때때로 뤽의 입에 키스를 하고 그와 함께 자면서. 나는 그가 프랑수아즈를 떠나야 한다고는 결코 생각하지 않았다. 첫째로, 그가 나에게 그렇게 말했기 때문이고, 둘째로, 그가 프랑수아즈에게 그런 짓을 한다는 것이 내게는 불가능하게 보였기 때문이다. 만약 그가 나에게 그러겠다고 제안한다 해도, 틀림없이 나는 받아들일 수 없을 터였다.

그가 나에게 밀린 일이 많다고, 하지만 그것들에 별로 흥미가 당기지 않는다고 말했다. 나로 말하자면, 새로운 학기가 시작되고 있었고, 지난 학기에 나를 많이 힘들게 했던 과목들을 심도 있게 공부할 필요가 있었다. 말하자면, 우리는 기가 꺾인 채 파리로 돌아가고 있었다. 그러나 나는 그것이 꽤 기분 좋았다. 왜냐하면 우리 두 사람 모두 기가 꺾였고, 권태를 느끼고 있었기 때문이다. 그리고 그 결과, 상대방에게 매달릴 필요도 생겨났던 것이다. 나와 같은 상태인 상대방에게.

우리는 아주 밤늦게 파리에 도착했다. 포르트 디탈리(파리로 들어가는 남쪽 입구─옮긴이)에서 나는 뤽을 바라보았다. 그는 조금 지친 기색이었고, 나는 우리가 이 조그만 모험을 잘 치러냈다고, 우리는 정말로 문명화되고 합리적인 성인들이었다고 생각했다. 그리고 갑자기 나 자신에 대해 일종의 분노와 함께 끔찍이도 굴욕적인 기분을 느꼈다.

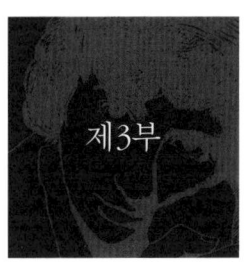

제3부

1

나는 파리를 재발견하는 경험을 한 번도 해본 적이 없었다. 한 번에 파리의 모든 것을 파악했다고 생각하고 있었다. 그런데 이번에 나는 파리의 매력 그리고 아직 멍한 상태인 여름날의 파리 거리들을 산책할 때 느껴지는 기쁨에 놀랐다. 그래서 사흘 동안 나는 뢱의 부재가 내게 남긴 공허함에서, 부조리한 느낌에서 주의를 돌리게 되었다. 나는 밤에 눈으로, 때로는 손으로 그를 찾았다. 그리고 그의 부재가 내게는 비정상적이고 어리석은 것으로 느껴졌다. 그 이 주일은 이미 나의 기억 속에 하나의 형태를, 하나의 색조를 형성하고 있었다. 충만한 동시에 신랄한. 이상하게도, 나는 거기서 패배감을 끌어내지 않고 있었다. 오히려 승리감을 느꼈다. 나는 그 승리감을 속속들이 알고 있었고, 따라서 그와 유사한 시도를 다시 한다는 것은 어렵고 고통스럽기까지 할 터였다.

베르트랑이 곧 돌아올 터였다. 베르트랑에게 뭐라고 말해야 할까? 베르트랑은 나와 다시 시작하려고 노력할 것이다. 왜 그와의 관계를 회복해야 하지? 어떻게 다른 육체를 견뎌내지? 뤽의 숨결이 아닌 다른 남자의 숨결을 어떻게 참아내지?

뤽은 내게 전화를 하지 않았다. 다음 날도, 그 다음 날도. 나는 그것을 프랑수아즈와의 복잡한 상황 탓으로 생각했고, 그것에서 사태의 중요성과 수치심이라는 양가감정을 끌어냈다. 나는 초연한 태도로 생각을 하면서, 그리고 다가올 미래에 대해 막연한 관심을 가진 채 많이 걸어다녔다. 법률 공부를 하면 좀 더 지성적인 뭔가를 발견할 수 있을지도 몰랐다. 뤽이 나를 신문사 중역인 자기 친구에게 소개해주기로 했으니까. 지금까지는 나의 무력감이 보상심리에 의해 감정적인 동기를 찾도록 나를 자극했지만, 이제는 직업적인 동기를 찾게 된 것이다.

이틀이 지나자, 나는 뤽이 보고 싶다는 욕망에 저항할 수가 없었다. 그러나 감히 그에게 전화를 걸지는 못하고, 나에게 전화를 걸어줄 것을 요구하는, 버릇없으면서도 상냥한 짧은 글을 몇 줄 적어 보냈다. 다음 날 그는 그렇게 했다. 그는 프랑수아즈를 데리러 시골에 가느라 나에게 더 빨리 전화할 수 없었다고 했다.

그의 목소리가 긴장되어 있었다. 나는 내가 그를 그리워한다고 생각했다. 그리고 그가 전화기에 대고 나에게 그렇게 말을 했기 때문에, 우리가 카페에서 재회하는 장면이 눈앞에 그려졌다. 카페에서 그는 나 없이는 살 수 없다고, 지난 이틀은 터무니없었다고 말하면서 나를 끌어안을 것이다. 그러면 나는 이렇게 대답할 수밖에 없겠지. "나도 그래요." 그리고 지나친 거짓말을 할 필요 없이 그가 알아서 결정하도록 내버려두면 될 터였다. 그러나 그가 나에게 카페에서 만나자고 제안한 것은 프랑수아즈가 잘 지내고 있으며, 그에게 아무런 질문도 하지 않았다는 것, 그리고 할 일이 넘쳐난다는 이야기로 나를 안심시키기 위해서였다. 그가 "넌 아름다워."라고 말한 뒤, 내 손바닥에 키스를 했다.

그가 변했다는 생각이 들었다. 그는 다시 진한 색깔의 양복을 아래위 한 벌로 입고 있었다. 그는 변했고 매혹적이었다. 나는 선이 뚜렷하고 피곤해 보이는 그 얼굴을 바라보았다. 그가 더 이상 내 것이 아니라는 사실이 기묘하게 느껴졌다. 이미 나는 내가 그와의 체류를 '활용하는'—나는 이 단어가 가증스럽게 여겨졌다—법을 제대로 알지 못했다고 생각하고 있었다. 나는 그에게 즐겁게 이야기를 건넸고, 그 또한 즐겁게 대답했다. 그러나 두 사람 다 자연스럽지 못했다. 아마도 누군가와 함께 이 주일 동안 사는 것이 너무나 쉽다는 것, 그것이 너무나 거침없이 진행된다는 것, 그것이 그렇게 심각한 일도 아니라는 것에 우리가 놀라고 있었기 때문인 듯했다. 다만, 그가 몸을 일으켰을 때 나는 화가 난 몸짓으로 그에게 이렇게 말하고 싶었다. '어디 가요? 설마 나를 혼자 내버려둘 셈은 아니겠죠?' 그러나 그는 떠났고 나는 혼자 남았다. 나는 할 일이 별로 없었다. 나는 생각했다. '모든 게 희극적이야.' 그리고 어깨를 으쓱했다. 나는 한 시간가량 산책을 하다가 한두 군데 카페에 들어갔고, 거기서 다른 사람들을 마주치기를 바랐다. 그러나 아무도 오지 않았다. 나는 언제든 욘에 이 주일 동안 가 있을 수 있었다. 그러나 다음다음 날 뤽과 프랑수아즈와 함께 저녁 식사를 해야 했기 때문에 기다렸다가 그 저녁 식사를 한 뒤에 떠나기로 결심했다.

그 이틀 동안 나는 영화관에 가거나, 침대에서 잠을 자거나 책을 읽으며 시간을 보냈다. 내 방이 낯설게 느껴졌다. 마침내 저녁 식사 하는 날이 왔고, 나는 정성껏 옷을 차려입고 그들 집으로 갔다. 초인종을 누르면서 나는 잠시 두려움을 느꼈다. 그러나 프랑수아즈가 문을 열어주러 나왔고, 그녀의 미소가 나를 안심시켜주었다. 나는, 뤽이 내게 말했던 것처럼, 그녀가 우스꽝스러운 짓을 하거나, 자신의 극단적인 선의와 품위에 걸맞지 않은 행동을 할 수 없으리라는 것을 알고 있었다. 그녀는 결코 패배한 것이 아니며, 절대로 그럴 수도 없으리라.

그것은 야릇한 저녁 식사였다. 우리 셋이 자리를 함께했고, 저녁 식사는 예전처럼 지극히 탈없이 진행되었다. 단지 우리는 식탁에 앉기 전에 술을 많이 마셨다. 프랑수아즈는 아무것도 모르는 것 같았다. 하지만 그녀가 평상시보다 더 주의 깊게 나를 살펴보는 것 같기도 했다. 이따금 뤽이 눈으로 내게 말을 건넸고, 나는 명예를 걸고 즐겁고 자연스럽게 대답했다. 대화가 베르트랑에게로 옮아갔다. 그는 다음 주에 돌아올 예정이었다.

내가 말했다.

"그때 난 여기 있지 않을 거예요."

뤽이 물었다.

"그럼 어디에 있을 건데?"

"부모님 집에 며칠 지내러 갈 것 같아요."

"언제 돌아와요?"

프랑수아즈의 목소리였다.

"이 주일 후에요."

그녀가 갑자기 외쳤다.

"도미니크, 나 당신에게 말 놓을게요! 당신에게 존댓말을 쓰는 게 싫증나네요."

"우리 모두 말 놓지 뭐."

뤽이 빙그레 웃으며 말했다.

그러고는 전축을 향해 다가갔다. 나는 눈으로 그를 좇았다. 그리고 프랑수아즈에게 몸을 돌렸는데, 그녀가 나를 바라보고 있었다. 나는 상당히 근심스러운 표정으로 그녀의 눈길에 답했다. 혹시라도 그녀를 피한다는 느낌을 주지 않기 위해. 그녀가 내 손 위에 자기 손을 얹었다. 잠시 그러고 있다가 슬픈 미소를 띠는 바람에 나는 당황했다.

"음…… 내게 엽서를 보내줄 거지, 도미니크? 그리고 참, 네 어머니는 잘 지내셔?"

"잘 지내세요, 엄마는……."

내가 말했다.

나는 거기서 말을 멈췄다. 뤽이 우리가 코트다쥐르에서 들었던 곡을 턴테이블에 올려놓았고, 그러자 모든 것이 단번에 되살

아났기 때문이다. 그는 전축 있는 곳에서 아직 돌아오지 않고 있었다. 이 부부 틈에서, 이 음악 속에서, 프랑수아즈의 호의—그것은 호의가 아닐 터였다—속에서, 뤽의 감상(感傷)—이것 역시 감상이 아닐 터였다—속에서, 다시 말해 모든 것이 뒤섞인 이 혼란 속에서 한순간 나는 미쳐버릴 것만 같았다. 정말이지 나는 도망치고 싶었다.

"난 이 곡이 정말 좋아."

뤽이 태평하게 말했다.

그가 자리에 앉았고, 나는 그가 아무 생각도 하지 않았다는 것을 깨달았다. 추억의 레코드판에 관한 우리의 신랄한 대화에 대해서조차도. 단지 이 곡이 그의 머릿속에 두세 번 떠올랐을 것이고, 그 생각을 몰아내기 위해 이 레코드판을 구입한 것이 틀림없었다.

"나도 그 곡이 참 좋아요."

내가 말했다.

그가 눈을 들어 내 쪽을 보았다. 그는 마침내 기억해냈고 나에게 미소를 지었다. 그는 나에게 너무나 상냥하게, 너무나 개방적으로 미소 지었기 때문에 나는 눈을 내리깔았다. 프랑수아즈는 담배에 불을 붙이고 있었다. 나는 어찌할 바를 몰랐다. 이 상황은 허울뿐인 상황이 아니었다. 왜냐하면, 그 모든 것 중 어느 것과도 관련이 없는 것처럼 각자가 자기 의견을 침착하게, 객관적으로 피력하려면 그것에 대해 이야기하는 것으로 충분하다고 생각되었기 때문이다.

"우리 이 연극 보러 갈까? 가지 말까?"

뢱이 말했다.

그가 자세히 설명하기 위해 내게 몸을 돌렸다.

"새로운 연극의 초대권을 받았어. 우리 셋이서 보러 갈 수 있을 것 같은데……."

"아, 좋아요. 안 될 게 뭐 있겠어요?"

내가 대답했다.

나는 미친 듯한 웃음을 터뜨리며 다음과 같은 말을 덧붙일 뻔했다. '현재의 우리 상태라면 말이에요!'

프랑수아즈가 내 것보다 더 격식을 갖춘 자기 외투 중 한 벌을 입혀보려고 나를 자기 방으로 데려갔다. 그녀가 내게 한두 벌을 입혔다. 그녀는 내 몸을 돌려보기도 하고, 칼라를 세워보기도 했다. 그러더니 내 얼굴을 외투의 칼라 두 개로 꼭 감쌌고, 나는 언제나처럼 웃으며 속으로 생각했다. '나는 이 여자의 처분 아래에 있어. 이 여자는 나를 질식시킬지도 몰라. 아니면 나를 물어뜯을지도 모르지.' 하지만 그녀는 미소만 지을 뿐이었다.

"당신이 이 속에 좀 묻혀 보이네요."

"그래요."

나는 외투 생각은 하지도 않은 채 대답했다.

"당신이 다시 돌아오면 당신을 좀 만나야겠어요."

'올 것이 왔구나!' 나는 생각했다. '뤽을 만나지 말라고 말하려는 걸까? 내가 그럴 수 있을까?' 그리고 즉시 그 대답이 떠올랐다. '아니, 난 그럴 수 없을 거야.'

"왜냐하면, 난 당신에게 신경을 써주기로, 당신에게 적절하게 옷을 입히기로, 대학생들이나 도서관보다 더 재미있는 것들을 당신에게 보여주기로 마음먹었거든요."

'아, 세상에! 지금은 아니에요. 지금 당신은 내게 그런 말을 할 때가 아니에요.'

나는 생각했다.

내 침묵 앞에서 그녀가 다시 말했다.

"싫어요? 난 당신에게서 뭐랄까, 내 딸 같은 인상을 받았어요.

(그녀는 웃으면서, 그러나 상냥하게 이 말을 했다.) 당신처럼 고집 세고 특별한 지성을 가진 딸이 있다면……."

"당신은 너무 상냥하세요. 난 어떻게 해야 할지 잘 모르겠어요."

나는 '너무'라는 말을 강조해서 말했다.

"편하게 생각해요."

그녀가 웃으며 말했다.

'난 곤경에 빠졌어. 하지만 프랑수아즈가 나를 좋아한다면, 그리고 그녀가 나를 만나고 싶어 한다면, 난 뤽을 더 자주 만나게 될 거야. 그와의 관계에 대해 그녀에게 설명해볼까? 결혼한 지 십 년이 지났으니까 그녀에겐 별로 상관없는 일일지도 몰라.'

나는 생각했다.

"왜 나를 그렇게 좋아하세요?"

내가 물었다.

"당신은 뤽과 같은 본성을 가진 부류예요. 조금 불행한, 나 같은 금성인(성격이 온화한 사람―옮긴이)에게 위로받도록 운명지워진. 당신은 그 본성에서 벗어나지 못할 거예요……."

나는 마음속으로 하늘을 향해 두 팔을 들어올렸다. 그런 다음 우리는 극장에 갔다. 뤽은 웃었고, 이야기를 했다. 프랑수아즈가 사람들, 그리고 그들과 함께 있는 다른 사람들이 누구인지 내게 설명해주었다. 그들은 나를 하숙집에 데려다주었다. 뤽이 자연스러운 태도로 내 손바닥에 키스했다. 나는 조금 얼떨떨한 기분으로 방에 들어가서 잠이 들었다. 그리고 다음 날 욘으로 가는 기차를 탔다.

2

 그러나 욘은 잿빛이었고 견딜 수 없는 권태에 잠겨 있었다. 그것은 그냥 권태가 아니라 누군가의 권태였다. 일주일 뒤, 나는 파리로 돌아왔다. 내가 떠날 때, 엄마가 갑자기 잠에서 깨어나 나에게 행복하냐고 물었다. 나는 그렇다고, 나는 법학을 무척 좋아한다고, 나는 열심히 공부하고 있고, 좋은 친구들도 있다고 대답하며 엄마를 안심시켰다. 그러자 엄마는 조용히, 자신의 서글픔 속으로 다시 돌아갔다. 단 한순간도 엄마에게 모든 걸 말하고 싶지는 않았다. 작년에는 내게 일어나지 않은 일이었다. 설사 그렇지 않더라도 엄마에게 무슨 말을 할 수 있었을까? 확실히 나는 나이를 먹고 있었다.
 하숙집에 돌아오자마자 나는 자기에게 전화를 해달라고 부탁하는 베르트랑의 메시지를 발견했다. 그것은 의심의 여지 없이 그가 설명을 원하고 있다는 의미였다. 왜냐하면 나는 카트린의 사려 깊음을 별로 믿지 않았으니까. 그러나 나는 그녀에게 사려 깊음을 너무나 기대하고 있었다. 나는 그에게 전화를 했고, 우리는 만나기로 약속을 잡았다. 기다리면서 나는 대학 식당에 이름을 등록하러 갔다.

여섯 시에, 생 자크 거리의 카페에서 나는 베르트랑을 다시 만났다. 아무 일도 일어나지 않은 것처럼, 모든 것이 다시 시작되고 있는 것처럼 느껴졌다. 그러나 그가 자리에서 일어나서 점잔을 빼며 내 뺨에 키스를 하자마자, 나는 현실로 돌아왔다. 나는 비겁하게도 가볍고 무책임한 표정을 지으려고 애썼다.

"너 멋있어졌다."

나는 진정한 성실함을 담아 말했다. 그리고 속으로는 냉소적으로 이렇게 생각했다. '유감스러운 일이야.'

"너도. 난 네가 알기를 바랐어. 카트린이 나에게 모든 걸 말해 줬다는 걸."

그가 짤막하게 말했다.

"어떤 모든 것?"

"네가 코트다쥐르에서 휴가를 보냈다는 것. 그리고 한두 가지의 정보로 미루어볼 때 네가 뤽과 함께 거기에 있었다고 생각되는데. 사실이야, 아니야?"

"사실이야."

내가 말했다(나는 감정이 북받쳤다. 그는 격분한 표정은 아니었다. 그저 고요하고, 조금 슬퍼 보였을 뿐이다).

"그래, 그랬구나. 나는 누군가를 나눠 갖는 타입은 아니야. 난 아직 널 사랑해. 그런 일이 중요하게 여겨지지 않을 만큼. 하지만 지난봄처럼 너 때문에 질투심이라는 호사스러운 대가를 치르고 괴로워할 만큼은 아니야. 네가 선택만 하면 돼."

그가 단숨에 말했다.

"뭘 선택해?"

나는 난처했다. 뤽의 예측에 따르면, 난 베르트랑을 문제의 전제로 생각하지 않고 있었던 것이다.

"네가 뤽을 더 이상 만나지 않으면, 우린 관계를 이어갈 거야. 네가 뤽을 계속 만나면, 우린 좋은 친구로 남을 거야. 그게 다야."

"그래, 그래."

나는 할 말이 아무것도 없었다. 그는 성숙하고 신중해 보였다. 나는 그에게 거의 경탄하고 있었다. 하지만 이제 그는 나에게 아무것도 아니었다. 전적으로 아무것도 아니었다. 나는 그의 손 위에 내 손을 올려놓았다.

"미안해. 난 할 수 없어."

내가 말했다.

그는 창 밖을 바라보며 잠깐 동안 조용히 있었다.

"지나갈 때까지는 좀 힘들겠지."

그가 말했다.

"난 너를 괴롭게 하고 싶지 않아."

내가 말했다. 난 정말 고통스러웠다.

"그게 가장 힘든 부분은 아니지."

그가 자기 자신에게 말하듯 중얼거렸다.

"너도 알겠지만, 결정을 내리고 나면 잘되게 마련이야. 집착할 때가 힘들지."

그가 갑자기 내 쪽으로 몸을 돌렸다.

"너 뤽을 사랑하니?"

"아니, 아니야. 그런 건 문제의 본질이 될 수 없어. 우린 그냥 사이 좋게 지내고 있어. 그럼 된 거잖아."

내가 화를 내며 말했다.

"만약 걱정거리가 있으면 내게 말해. 난 네가 걱정거리가 있을 거라고 생각해. 너도 알겠지만, 뤽은 굉장한 사람이 아니야. 그는 슬픈 지식인일 뿐이야. 그뿐이라고."

그가 말했다.

나는 치밀어오르는 기쁨을 느끼며 뤽의 상냥함에 대해, 그의 웃음에 대해 생각했다.

"날 믿어."

베르트랑이 폭발하듯 덧붙였다.

"어쨌건 난 네 옆에 있을 테니까. 도미니크, 너도 알겠지만. 그동안 너와 함께해서 무척 행복했다."

우리 두 사람은 울고 싶은 기분이었다. 그는 상황이 끝났기 때문에, 그런데도 그가 희망을 가지고 있었기 때문에 그랬고, 나는 혼란스런 연애사건 속에 나 자신을 내던지느라 내 본래의 보호자를 잃은 기분이었기 때문에 그랬다. 나는 일어나서 그에게 가볍게 키스했다.

"안녕, 베르트랑. 날 용서해."

"잘 가."

그가 다정하게 말했다.

나는 완전히 침울해져서 밖으로 나왔다. 새 학기가 잘도 시작되고 있었다…….

카트린이 내 방 침대에 앉아, 슬픈 표정으로 나를 기다리고 있었다. 내가 방에 들어가자, 그녀는 일어나서 나에게 손을 내밀었다. 나는 아무 말 없이 그녀의 손을 꼭 잡고 자리에 앉았다.

"도미니크, 나 사과하고 싶어. 난 베르트랑에게 아무 말도 하지 말았어야 했어. 네 생각은 어때?"

그녀가 내게 그런 질문을 하는 것이 경탄스럽게 느껴졌다.

"그런 건 중요하지 않아. 내가 직접 그에게 말하는 게 더 나았을지도 모르지. 하지만 상관없어."

"그렇구나."

그녀가 안도하면서 말했다.

그녀는 상기되고 만족스러운 표정으로 침대 위에 다시 앉았다.

"그럼 이제 이야기해봐."

나는 말없이 가만히 있다가 웃음을 터뜨렸다.

"아! 아니야. 넌 훌륭해, 카트린. 너는 베르트랑을 해치웠어. 자, 해결됐어! 위험지대는 멀어졌고, 이제 재미있는 일들을 하자고!"

"놀리지 말고 내게 전부 다 얘기해줘."

그녀가 어린 소녀처럼 말했다.

"이야기할 것도 없어. 난 내 마음에 드는 어떤 사람과 코트다쥐르에서 이 주일을 보냈어. 이런저런 이유들 때문에 여기까지만 얘기할게."

내가 건조하게 대답했다.

"결혼한 사람이야?"

그녀가 영악하게 물었다.

"아니, 귀먹은 벙어리야. 나 지금 여행가방 풀어야 해."

"마음이 놓인다. 어쨌든 결국엔 네가 전부 이야기를 할 테니까."

그녀가 말했다.

'가장 나쁜 것은 아마도 네 말이 사실일 거라는 점이야. 언젠가 우울한 날이 오면…….'

나는 옷장 문을 열면서 생각했다.

"그런데 나 말이야, 사랑에 빠졌어."

그녀가 말했다. 무슨 새로운 사실이라도 공표하듯이.

"누구하고? 아! 물론 그 마지막 사람이겠지."

내가 말했다.

"네가 별로 관심 없다면……."

하지만 그녀는 계속해서 이야기했다. 나는 화가 난 채 물건들을 정리하기 시작했다. '내 친구들은 왜 이렇게 바보 같을까? 뤽이라면 카트린을 견딜 수 없어할 거야. 하지만 뤽이 이 속에서 무슨 역할을 한다는 거지? 어쩌면 이런 일 속에 내 삶이 있는지도 모르지.'

"……한마디로 난 그를 사랑해."

그녀가 이야기를 끝맺었다.

"넌 사랑한다는 게 어떤 거라고 생각해?"

내가 흥미를 갖고 물었다.

"모르겠어. 사랑한다는 건 누군가를 생각하는 것, 그와 함께 외출하는 것, 그렇게 하는 것을 좋아하는 것, 그런 게 아닐까?"

"모르겠다. 아마 그럴지도 모르지."

나는 물건 정리를 끝냈다. 그리고 낙담해서 침대 위에 앉았다. 카트린은 상냥한 얼굴이었다.

"도미니크, 넌 미쳤어. 넌 아무 생각이 없어. 오늘 저녁엔 우리와 함께 보내자. 난 장 루이 그리고 그의 친구 한 명하고 외출할 거거든. 문학을 하는 아주 똑똑한 녀석이야. 같이 시간을 보내면 너도 기분 전환이 될 거야."

어쨌거나 난 다음 날까지는 뤽에게 전화하고 싶지 않았다. 그리고 피곤했다. 삶이 우중충한 소용돌이처럼 느껴졌다. 때에 따라 그 중심에 안정된 단 하나의 요소가 존재하는. 그 요소는 바로 뤽이었다. 뤽만이 나를 이해하고 나를 도와주었다. 나는 그가 필요했다.

그랬다. 나는 그가 필요했다. 나는 그에게 아무것도 요구할 수 없었다. 그러나 그럼에도 불구하고 그는 막연하게나마 책임이 있었다. 하지만 그가 그 사실을 알게 해서는 안 되었다. 관습은 관습이다. 특히 그것이 다른 사람들에게 방해가 될 때는.

"가자. 가서 너의 장 베르나르와 똑똑하다는 그 친구를 만나자. 난 지성을 대단하게 보지 않지만, 카트린. 아니, 그건 사실이 아니야. 난 슬픈 지식인만 좋아해. 용케 잘 빠져나가는 사람들에게 관심이 간다니까."

내가 말했다.

"장 베르나르가 아니고 장 루이야. 그리고 뭘 잘 빠져나간다는 거야?"

그녀가 물었다.

"저거 말이야."

나는 과장하며 말했다. 그리고 창을 가리켰다. 창 위쪽에는 잿빛과 장밋빛을 띤 슬프고도 감미로운 지옥이, 낮은 하늘이 펼쳐져 있었다.

"상태가 안 좋네."

카트린이 걱정스러운 목소리로 말했다. 그녀가 내 팔을 붙잡고 내 발걸음을 주의 깊게 살피면서 계단을 내려갔다. 결국 난 그녀를 많이 좋아하고 있었다.

그녀의 장 루이는 잘생긴 남자애였다. 조금 수상쩍은 데가 있는 잘생긴 얼굴이지만 기분 나쁘지는 않았다. 반면, 그의 친구 알랭은 훨씬 더 섬세하고 재미있었다. 특히 그는 지식인들에게 존재하는 일종의 신랄함과 불성실함, 변덕스러움을 지니고 있었다. 그것은 베르트랑에게서는 찾아볼 수 없는 점이었다. 우리는 카트린과 금방 헤어졌다. 그녀를 연모하는 남자는 카페 안에서 부적당하게 열을 내며 열정을 보여주었던 것이다. 알랭이 나를 하숙집에 데려다주었다. 가는 동안 그는 스탕달과 문학에 대해 이야기했는데, 이 년 만에 처음으로 그것들에 흥미가 당겼다.

그는 못생기지도 않았고, 그렇다고 미남도 아니었다. 아무것도 아니었다. 나는 다음다음 날 함께 점심을 먹자는 그의 제안을 기꺼이 받아들였다. 그날이 뤽이 한가한 날이 아니기를 기원하면서. 이미 모든 것이 그를 향해 기울어지고 있었다. 모든 것이 그에게 달려 있었고, 나 없이 진행되었다.

3

 한마디로 나는 뤽을 사랑했고, 그와 다시 만나 함께 보낸 첫날 밤부터 그 사실을 빠르게 인식했다. 센 강변에 있는 호텔에서였다. 그는 사랑을 나눈 뒤, 침대에 반듯하게 누워 있었다. 그가 눈을 감은 채 내게 말했다. "키스해줘." 나는 그에게 키스하기 위해 팔꿈치에 의지하여 몸을 일으켰다. 그러나 그에게 몸을 숙이면서 나는 일종의 구토감에, 나에게는 이 얼굴밖에, 이 남자밖에 없다는 돌이킬 수 없는 확신에 사로잡혔다. 견딜 수 없는 그 기쁨은, 나를 이 남자의 입가에 붙들어매는 그 기대감은 정말로 기쁨이었고, 사랑의 기대감이었다. 나는 그를 너무나 사랑했다. 나는 키스를 하지 않고, 두려움으로 인한 작은 신음소리를 내면서 그의 어깨에 몸을 기대고 몸을 쭉 펴고 엎드렸다.
 "너 졸립구나. 넌 마치 조그만 동물 같아. 넌 사랑을 나눈 뒤에 잠을 자거나 목말라하지."

그가 내 등에 손을 얹으며 말했다. 그리고 조금 웃었다.

"내가 당신을 많이 좋아하는 것 같아요."

내가 말했다.

"나도 그래. 그런데 사흘 동안 만나지 못하니 나에게 깍듯이 존댓말을 하는군. 이유가 뭐지?"

그가 내 어깨를 두드리며 말했다.

"난 당신을 존경해요. 난 당신을 존경하고 당신을 사랑해요."

내가 말했다.

우리는 함께 웃었다.

"아뇨, 심각하게 생각해봐요. 만약 내가 진심으로 당신을 사랑한다면 당신은 어떻게 하겠어요?"

나는 방금 뭔가 재치 있는 생각이 머릿속에 떠오른 것처럼 열의에 차서 말했다.

"하지만 실제로 넌 날 진심으로 사랑하잖아."

그가 눈을 감은 채 말했다.

"내가 말하고 싶은 건 말이죠, 만약 당신이 내게 반드시 필요한 사람이라면, 내가 당신을 늘 옆에 두고 싶어한다면 어떻게 할 거냐는 뜻이에요……."

그가 말했다.

"아주 난처하겠지. 우쭐해하지도 못할 거고."

"그리고 나에겐 뭐라고 말할 거예요?"

"난 너에게 이렇게 말할 거야. '도미니크, 음…… 도미니크, 날 용서해.'"

나는 한숨을 쉬었다. 그러니까 그는 신중하고 양심적인 남자의 지긋지긋한 통찰력을 발휘하여 '내가 진작에 이렇게 될 거라고 얘기했잖아.'라고 말하지는 않을 거란 얘기다.

내가 말했다.

"미리 용서해줄게요."

"담배 한 개비만 건네줘. 네 옆에 담뱃갑이 있어."

그가 느긋하게 말했다.

우리는 침묵 속에서 담배를 피웠다. 나는 속으로 생각했다. '자, 나는 그를 사랑해. 그런데 이 사랑은 아마도 나는 그를 사랑한다는 생각에 불과할지도 몰라. 그것뿐이야. 하지만 그것의 바깥에는 구원이 없어.'

사실 일주일 내내 '그것' 뿐이었다. 뤽에게서 걸려온 그 전화. '15일에서 16일로 넘어가는 밤에 시간 괜찮아?' 서너 시간마다

귓가에 다시 들려온 그 말은 그가 냉정하게 입 밖에 내어 말한 그대로였고, 매번 나를 행복과 숨막힘 사이에서 불명확한 중압감으로 흔들리게 했다. 그리고 지금 나는 그의 옆에 있고, 시간은 아주 길게 그리고 아주 하얗게 흘러가고 있었다.

"그만 가봐야겠군. 다섯 시 십오 분 전이야! 늦었어."

그가 말했다.

"그렇군요. 프랑수아즈는 집에 있어요?"

내가 물었다.

"난 그녀에게 벨기에 사람들과 함께 몽마르트르에 간다고 말했어. 하지만 카바레들은 지금쯤 문을 닫을 텐데."

"그녀가 뭐라고 말할까요? 늦었어요. 벨기에 사람들과 다섯 시에 만나기로 했다면서요."

그가 눈을 감은 채로 말했다.

"난 집에 돌아갈 거야. 그리고 기지개를 켜면서 이렇게 말할 거야. '오! 그 벨기에인들이라니!' 그녀는 나를 돌아보고 이렇게 말하겠지. '당신, 욕실에서 아쿠아셀제 먹어요.' 그리고 나서 그녀는 다시 잠들겠지. 그뿐이야."

"확실히 그렇겠지요. 그리고 내일 당신에게서 카바레에 관한,

벨기에 사람들의 풍속에 관한 빠르고 지루한 이야기를 듣게 되겠죠."

내가 말했다.

"오! 단순히 열거를 하겠지…… 난 거짓말하는 습성이 없으니까. 그럴 시간도 없고."

"그럼 무엇을 할 시간이 있는데요?"

내가 물었다.

"아무것도. 시간도 없고, 힘도 없고, 욕구도 없어. 내가 무엇이든 할 능력이 있다면, 난 너부터 사랑할 거야."

"그러면 무엇이 바뀌는데요?"

"아무것도. 우리에겐 바뀌는 게 아무것도 없을 거야. 나는 결국 그럴 거라고 생각해. 다만, 난 너 때문에 불행해지겠지. 그래도 난 만족할 거야."

나는 이 말이 조금 전 내가 한 말에 대한 경고인지 궁금했다. 하지만 그는 엄숙한 의식이라도 집전하듯 내 머리에 한 손을 얹었다. 그리고 이렇게 말했다.

"나는 너에게 모든 걸 말할 수 있어. 그리고 그게 참 좋아. 프랑수아즈에게는 내가 그녀를 진심으로 사랑하지 않는다고, 우리에겐 멋지고 적절한 애정의 토대가 없다고 말할 수 없을 거야. 그녀와 나 사이의 애정의 토대는 무엇보다도 내 피곤함, 내 권태야. 어떻게 보면 견고한 토대지. 훌륭하기도 하고. 우리는 고독, 권태 같은 것들 위에 지속적이고 아름다운 결혼관계를 건설할 수 있어. 적어도 그것들은 움직이지 않으니까."

나는 그의 어깨에 얹고 있던 머리를 들었다.

"하지만 그런 건······."

나는 이어서 이렇게 말하려고 했다. '객쩍은 소리예요.' 항의하고 싶은 마음이 맹렬하게 나를 사로잡았다. 하지만 나는 입 다물고 가만히 있었다.

"그런 건 뭐? 이런, 젊은 사람들의 작은 공격인가?"

그는 부드럽게 웃었다.

"내 가여운 고양이, 넌 너무 젊고, 너무 무방비 상태야. 그런데 다행스럽게도 너에겐 화를 낼 수가 없어. 그 사실이 나를 안심시키지."

그가 나를 하숙집에 데려다주었다. 나는 다음 날 그, 프랑수아즈, 그리고 그들의 친구 한 명과 점심을 먹기로 되어 있었다. 나는 작별인사로 자동차 창문 너머로 머리를 들이밀고 그에게 키스했다. 그는 초췌한 기색이었고 나이 들어 보였다. 그 나이 든 모습 때문에 마음이 조금 아팠다. 그리고 시간이 조금 지나니 그것 때문에 그를 더욱 사랑하게 되었다.

4

다음 날, 나는 활기에 가득 차서 잠을 깼다. 수면 부족은 나에게 늘 좋은 결과를 가져다주었다. 나는 침대에서 일어나 창가로 가서 파리의 공기를 들이마셨고, 그리고 싶은 생각도 별로 없이 담배에 불을 붙였다. 그러고 나서 다시 침대에 누웠다. 거울 속에 내 모습을 비춰보았더니, 한쪽 눈가가 얼어맞은 것처럼 거무스레했다. 우스꽝스러운 얼굴이었다. 다시 말해, 좋기도 한 몰골이었다. 나는 내일부터 당장 방에 난방을 해달라고 하숙집 주인 아주머니에게 부탁하기로 마음먹었다. 아주머니가 과장하며 허풍을 떨 게 틀림없었기 때문이다.

"여긴 지독히도 추워."

나는 높은 소리로 말했다. 내 목소리는 희극적으로 쉬어 있었다.

"얘, 도미니크, 너는 열정적인 사랑을 하고 있어. 그걸 잘 다루는 게 중요해. 좀 걷는다든가, 젊은이답게 단계적으로 독서를 한다든가, 혹은 공부도 좀 해야 할 거야. 그러면 돼."

 난 나 자신에게 호감을 느끼지 않을 수 없었다. 아, 내겐 어떤 유머감각 같은 것이 있었다, 제기랄! 나는 지극히 편안했다. 나에겐 열정이 있었다. 게다가 내 불꽃 같은 열정의 대상과 함께 점심 식사를 하러 갈 예정이었다. 나는 여비를 준비하듯 내가 원인을 잘 알고 있는 육체적 도취감에 기인한 연약한 초연함으로 무장했고, 그것이 프랑수아즈와 뤽의 집으로 나를 떠밀었다. 나는 재빠르게 버스에 올라탔고, 차장은 그 기회를 이용하여 나를 돕는다는 핑계로 내 허리를 팔로 감싸안았다. 나는 그에게 티켓을 내밀었고, 우리는 공모의 미소를 교환했다. 그는 남자가 여자들에게 보내는 미소를, 나는 여자를 밝히는 남자들에게 익숙한 여자가 보내는 미소를. 나는 포도 위를 덜컹거리며 나아가는 버스의 난간에 기대어 몸을 조금 흔들면서 서 있었다. 아주 좋았다. 난 기분이 아주 좋았다. 턱과 명치 사이에서 기지개를 켜는 불면의 느낌이.

 프랑수아즈의 집에는 내가 알지 못하는 한 친구가 벌써 와 있었다. 그는 몸집이 퍽 뚱뚱하고, 얼굴빛이 붉고, 무뚝뚝한 느낌의 남자였다. 뤽은 그 자리에 아직 없었다. 프랑수아즈가 이야기한 바에 따르면, 뤽은 벨기에서 온 고객들과 함께 밤을 보냈고, 열 시가 되어서야 일어났다고 했다. 그 벨기에 사람들은 그들이 간 몽마르트르만큼이나 지루한 존재들이었다고도 했다. 뚱뚱한 남자가 나를 바라보는 것이 느껴졌고, 나는 얼굴이 붉어졌다.

뤽이 들어왔다. 그는 피곤한 기색이었다.

"이런, 피에르, 어떻게 지내나?"

그가 말했다.

"자네 날 기다리지 않은 건가?"

뚱뚱한 남자가 공격적인 태도를 보였다. 아마도 뤽이 내가 그 자리에 있는 것에 대해 놀라지 않고, 그가 있는 것에 대해 놀라서 그러는 것 같았다.

"물론 기다렸지, 이 친구야, 기다렸어. 그런데 여기 마실 것이 아무것도 없나? 네 잔 속에 들어 있는 그 멋진 노란 음료는 뭐지, 도미니크?"

뤽이 과장된 웃음을 띠며 말했다.

"그냥 위스키예요. 이제 이것도 못 알아보세요?"

내가 대답했다.

"모르겠군."

그가 말했다.

그는 역 대합실의 의자에 걸터앉듯 안락의자 가장자리에 걸터앉았다. 그런 다음 우리에게 멍하고 무심한 눈길―역시 대합실에서 주변을 둘러보는 것 같은 눈길―을 던졌다. 그는 어린아이 같고 고집스러운 표정을 하고 있었다. 프랑수아즈가 웃음을 터뜨렸다.

"가여운 뤽, 당신 도미니크만큼이나 안색이 몹시 안 좋네요. 그리고 아가야, 내가 모든 걸 수습해줄게. 내가 베르트랑에게 말할 거야……."

베르트랑에게 무슨 말을 할 것인지 그녀가 설명했다. 나는 뤽을 쳐다보지 않았다. 우리는 프랑수아즈와 관련해서 그 어떤 합의도 본 적이 없었다. 하느님, 감사합니다. 하지만 그것은 우스꽝스러운 일이기도 했다. 우리는 우리에게 어떤 근심거리를 안겨주는 귀여운 여자아이에 대해 이야기하듯 그녀에 대해 이야기했던 것이다.

"이런 식의 야단법석은 아무에게도 도움이 되지 않아."

피에르라는 이름의 남자가 말했다.

그리고 불현듯 나는 깨달았다. 아마도 칸에서의 일 때문에 그가 알고 있는 것 같다고. 그러자 처음부터 멸시하는 듯했던 그의 시선과 퉁명스러움, 뭔가 암시하는 듯했던 태도가 납득이 되었다. 그리고 칸에서 우리가 그를 만났던 것과 뤽이 나에게 그가 프랑수아즈를 무척 사랑한다고 말했던 것이 생각났다. 그는 화가 난 것 같았고, 수다스러워 보였다. 카트린 같은 스타일이었다. 친구들에게 아무것도 숨기지 않고, 친구들을 위해 애를 쓰고, 나쁜 일이 있으면 그냥 넘기지 않고, 기타 등등. 만약 프랑수아즈가 다 알고 있다면, 그녀가 경멸 어린 시선으로, 화가 나서, 그녀와는 너무나 거리가 먼 그 모든 태도로 나를 바라본다면, 이 상황이 나 때문에 초래된 것은 거의 아니라 해도 내가 어떻게 행동해야 할까?

"점심 먹으러 가요. 나 배고파 죽을 지경이에요."

프랑수아즈가 말했다.

우리는 걸어서 가까운 식당으로 갔다. 프랑수아즈가 내 팔을 잡았고 남자들은 뒤에서 우리를 따라왔다.

"날씨가 참 상쾌하네요. 난 가을을 무척 좋아해요."

프랑수아즈가 말했다.

이유는 알 수 없었지만, 이 말이 칸에서 지냈던 호텔방에 대한 추억의 빗장을 열었다. 뤽이 창가에서 이렇게 말했었다. '목욕을 하고 스카치를 한 잔 마셔. 그러고 나면 한결 기분이 좋아질 거야.' 첫날이었고, 나는 기분이 별로 좋지 않은 상태였다. 뤽과 함께 지내야 할 이 주일이 나를 기다리고 있었다. 이 주일간의 낮과 밤이. 그때 내가 가장 원하는 것이 바로 그것이었고, 그런 시간은 결코 다시 오지 않을 터였다. 만약 그때 내가 알았더라면…… 그러나 내가 알았더라도 마찬가지였을 것이다. 프루스트는 이렇게 말했다. "행복이 자신이 추구했던 욕망 위에 정확히 내려앉는 일은 매우 드물다." 그날 밤, 그런 일이 일어났다. 일주일 내내 갈망했던 뤽의 얼굴에 내가 접근했을 때, 그 일치가 나에게 일종의 구토감을 불러일으켰다. 아마도 내 삶을 늘 채우고 있던 공허감이 갑자기 사라져버린 탓인 듯했다. 내 삶이 나와 합치되지 않는다는 느낌에 기인하는 공허감. 그런데 그때는 반대로 내가 내 삶에 합치되고 절정에 달했다는 느낌이 들었다.

"프랑수아즈!"

우리 뒤에서 피에르가 외쳤다.

우리는 뒤를 돌아보았고 짝을 바꾸었다. 나는 앞쪽에서, 적갈색의 대로를 뤽과 함께 보조를 맞춰 걷게 되었다. 우리는 같은 생각을 했던 것 같다. 뤽이 뭔가를 묻는 듯한, 거의 노골적인 시선을 내게 던졌기 때문이다.

"아, 네."

내가 말했다.

그가 슬픈 몸짓으로 어깨를 으쓱하더니, 눈에 띄지 않는 몸짓으로 얼굴을 조금 들어올렸다.

그가 주머니에서 담배 한 개비를 꺼내 걸으면서 불을 붙이더니 내게 내밀었다. 어떤 문제 때문에 난처할 때면 그는 담배에서 구원을 찾곤 했다. 하지만 그는 편집증이 있는 남자는 결코 아니었다.

"저 녀석은 알고 있어. 너와 나에 대해서."

그가 말했다.

그는 근심을 내보이지 않고, 생각에 잠겨 이 말을 했다.

"심각해요?"

"저 녀석은 프랑수아즈를 위로해줄 수 있는 가능성을 놓치지 않을 거야. 이 경우에 위로해준다는 것이 반드시 극단적인 일을

뜻하는 것은 아니지만 말이야."

한순간, 나는 그의 남자다운 자신감에 감탄했다.

"저 친구는 순해빠진 멍청이야. 프랑수아즈의 대학 친구지. 무슨 말인지 알아들었지?"

난 알아들었다.

그가 덧붙였다.

"프랑수아즈가 힘들어할수록 난 괴로워져. 그게 너라는 사실이……."

"분명 그렇겠죠."

내가 말했다.

"나는 너 때문에도 괴로워질 거야. 만약 프랑수아즈가 이 상황을 너에게 아주 좋지 않은 쪽으로 받아들인다면 말이야. 하지만 프랑수아즈는 너에게 잘해줄 수도 있어. 그녀는 믿을 수 있는 친구거든."

"내겐 믿을 수 있는 친구가 없어요. 믿을 수 있는 거라곤 아무것도 없어요."

내가 슬프게 말했다.

"그래서 슬퍼?"

그가 내게 물었다. 그리고 내 손을 잡았다.

나는 이 행동에, 이 행동이 불러올 수 있는 명백한 위험에 잠시 감동을 받았다. 그리고 다음 순간 슬픔에 사로잡혔다. 사실 그는 내 손을 잡고 있었고, 우리는 프랑수아즈의 눈길을 받으며 함께 걷고 있었으니까. 하지만 그녀는 그가, 피곤해하는 남자인 뤽이 먼저 내 손을 잡았다는 것을 잘 알고 있었다. 그가 양심의 가책을 느낀다면 그런 짓을 하지 않을 거라고 그녀는 틀림없이 생각하고 있을 것이다. 그렇지만 아니다, 그는 그리 큰 위험을 범한 게 아니다. 그는 무심한 남자다. 나는 그의 속을 꼭 쥐었다. 이건 분명히 그다. 그일 뿐이다. 그리고 그것이 내 낮 시간들을 차지하기에 충분하다는 사실이 끊임없이 나를 놀라게 했다.

"슬프지 않아요. 아무것도요."

내가 대꾸했다.

나는 거짓말을 하고 있었다. 나는 그에게 말하고 싶었다. 내가 거짓말을 하고 있다고, 사실 난 그가 필요하다고. 하지만 그의 곁에 있게 되자마자 그 모든 것이 비현실적으로 느껴졌다. 아무것도 없었다. 감미롭고, 상상력으로 가득하고, 후회로 가득했던 그 이 주일 말고는 아무것도 없었다. 그런데 왜 이렇게 가슴이 찢어지지? 사랑의 신비는 고통스러워, 나는 조롱하는 기분으로 생각했다. 사실 나는 원망스러웠다. 나는 나 자신이 행복한 사랑을 누릴 만큼 충분히 강하고, 충분히 자유롭고, 충분히 재능이 있다는 사실을 알고 있었기 때문이다.

점심 식사는 길었다. 나는 불안한 심정으로 뤽을 바라보았다. 그는 잘생겼고, 지성인이었다. 그리고 지쳐 있었다. 나는 그와 떨어지기 싫었다. 나는 겨울을 위해 막연한 계획을 짜고 있었다. 헤어지면서 그가 내게 전화하겠다고 말했다. 프랑수아즈가 자기도 나에게 전화하겠다고, 나를 데리고 내가 모르는 누군가를 만나러 갈 거라고 했다.

그들은 나에게 전화하지 않았다. 두 사람 다. 그런 상태가 열흘 동안 지속되었다. 뤽이라는 이름은 나에게 무거운 짐이 되어버렸다. 마침내 그가 나에게 전화를 걸어왔다. 프랑수아즈가 우리 사이의 일을 알고 있으며, 짬이 나면 곧바로 내게 기별을 주겠다고 했다. 일이 넘쳐나는 바람에 정신없이 바빠서 그렇다고 했다. 그의 목소리는 다정했다. 나는 잘 이해하지 못한 채 내 방에 꼼짝 않고 있었다. 알랭과 저녁 식사를 해야 했다. 하지만 그는 내게 아무것도 해줄 수 없었다. 나는 무너져내릴 것만 같았다.

이어지는 십오 일 남짓한 기간에 나는 뤽을 두 번 만났다. 한 번은 볼테르 강변로의 한 바에서, 또 한 번은 어느 방에서. 거기서 우리는 서로 할 말을 찾지 못했다. 그 전에도 그 후에도. 주변의 사물들이 좋지 않은 재 냄새를 풍겼다. 삶이 소설적 관습들을 어느 정도나 인정하는지 가늠해보는 것은 언제나 내 호기심을 끌었다. 나는 내가 결혼한 남자의 즐거운 공모자가 될 만큼 성숙하지 못했다는 것을 깨달았다. 나는 그를 사랑하고 있었다. 그 사실을 생각했어야 했다. 적어도 이것이 그것, 사랑일 수 있다는 사실을 생각했어야 했다. 그 강박관념, 그 고통스러운 불만족. 나는 웃으려고 애썼다. 그는 그 웃음에 대답하지 않았다. 그는 다정하게, 부드럽게 내게 이야기했다. 마치 곧 죽을 것처럼…… 프랑수아즈가 많이 힘들어한다고.

그가 나에게 무엇을 하며 지내냐고 물었다. 나는 공부를 하고 책도 읽는다고 대답했다. 나는 내가 이 책에 대해, 혹은 그가 감독을 알고 있다고 내게 말했던 영화에 대해 뤽에게 이야기할 수 있을 거라는 생각으로 꽉 찬 채 책을 읽거나 영화관에 갔다. 나는 절박하게 우리 사이의 연결점을, 우리가 프랑수아즈에게 안겨준 다소 불결한 고통 이후의 다른 연결점을 찾아보았다. 하지만 아무것도 찾을 수 없었고, 우리는 양심의 가책에 대해서는 생각하지 않았다. 나는 그에게 "기억해줘요."라고 말할 수 없었다. 그건 속임수일 것이고 그를 두렵게 할 터였다. 나는 그에게 거리를 다닐 때 도처에서 그의 자동차를 본다고 혹은 봤다고 생각한다고 말할 수 없었다. 몇 번이고 그의 전화번호를 눌렀다가 그만둔다고, 집에 돌아와서는 열에 들떠서 하숙집 주인 아주머니에게 그에게 관련된 어떤 기별이라도 왔는지 물어본다고 말할 수 없었다. 내가 죽어버리기를 열망한다고 말할 수 없었다. 나는 아무것도 할 수 있는 권리가 없었다. 아무것도. 그럼에도 불구하고 그의 얼굴, 그의 손, 그의 다정한 목소리, 지나간 모든 것이 견딜 수 없었다…… 나는 야위어갔다.

알랭은 좋은 남자였고, 나는 어느 날 그에게 모든 것을 이야기했다. 우리는 몇 킬로미터를 걸었다. 그는 문학적인 것에 대해 토론하듯이 내 사랑에 대해 이야기했다. 덕분에 나는 한 발자국 물러설 수 있었고, 나 자신과 그것에 대해 이야기할 수 있었다.

"어쨌든 넌 그게 끝나리라는 것을 알고 있어. 여섯 달 혹은 일 년이 지나면 어떻게 될까? 넌 그것에 대해 농담을 하게 될 거야."

그가 말했다.

"난 그러고 싶지 않아. 내가 옹호하는 건 나 자신만이 아니야. 난 우리가 함께한 모든 것을 옹호해. 칸, 우리의 웃음, 우리의 합의를."

내가 말했다.

"하지만 그래봤자 언젠가 그것이 중요하지 않게 되리라는 것을 네가 깨닫는 데 방해만 될 뿐이야."

"나도 잘 알고 있어. 하지만 난 그게 잘 느껴지질 않아. 난 상관없어. 지금, 지금은 말이야. 지금은 그것뿐이야."

우리는 걷고 있었다. 그가 나를 하숙집에 데려다주었다. 그날 밤, 그는 심각한 표정으로 내 손을 꼭 잡았다. 나는 방으로 들어가면서 하숙집 주인 아주머니에게 뤽이 내게 전화하지 않았냐고 물어보았다. 주인 아주머니는 웃으면서 그런 전화는 없었다고 말했다. 나는 내 방 침대에 길게 드러누워 칸에서의 일을 생각했다.

나는 속으로 생각했다. '뤽은 나를 사랑하지 않아.' 이렇게 생각하자 심장에 희미한 고통이 느껴졌다. 나는 그 말을 되뇌어보았다. 그러자 희미한 고통이 다시금 느껴졌다. 때때로 날카롭기까지 한. 한 발자국을 앞으로 내디뎠다는 느낌이 들었다. 이 희미한 고통이 내 재량권 아래에 있다는 단 하나의 사실 때문에 말이다. 그것은 내 부름을 듣고 뛰어올 준비가 되어 있고, 성실하고, 완전 무장을 하고 있으며, 나는 그것을 마음대로 사용하고 있었다. 나는 말했다. "뤽은 나를 사랑하지 않아." 그리고 엄청난 일이 일어났다. 그러나 내가 그 고통을 거의 내 마음대로 좌지우지하고 있다고는 해도, 강의를 듣는 중에 혹은 점심을 먹을 때 그것이 돌연 다시 나타나 나를 놀라게 하고 아프게 하는 것을 막을 수는 없었다. 또한 나는 그 일상적인, 정당화된 권태를 더 이상 막을 수 없었다. 빗속에서, 아침의 피로함 속에서, 따분한 강의들 속에서, 대화 속에서 발생하고 있는 그 존재를. 나는 괴로웠다. 나는 내가 괴로워하고 있다고 흥미를 갖고, 빈정거리며 생각했다. 무엇이든 상관없었다. 불행한 사랑의 비통한 이 증거를 피할 수만 있다면.

올 일이 오고 말았다. 나는 어느 날 밤 뤽을 다시 만났다. 우리는 그의 자동차를 타고 숲에서 드라이브를 했다. 그가 나에게 한 달 동안 미국에 가 있어야 한다고 말했다. 나는 흥미로운 일이라고 대답했다. 그리고 현실이 나를 덮쳤다. 한 달. 나는 담배 한 개비를 집어들었다.

"내가 돌아올 때쯤이면, 넌 나를 잊었을 거야."

그가 말했다.

"어째서요?"

내가 물었다.

"내 가여운 아기, 그러는 편이 너에게 더 좋을 거야. 훨씬 좋아……."

그가 자동차를 세웠다.

나는 그를 바라보았다. 그는 긴장되고 황폐한 얼굴을 하고 있었다. 결국, 그는 알고 있었던 것이다. 그는 모든 것을 알고 있었다. 그는 더 이상 내가 비위를 맞춰야 하는 한 사람의 남자에 머무르는 존재가 아니었다. 그는 내 친구이기도 했다. 나는 돌연 그에게 매달렸다. 나는 그의 뺨에 내 뺨을 댔다. 나는 나무 그늘에 눈길을 주었다. 그리고 믿을 수 없는 것들을 말하는 내 목소리를 들었다.

"뤽, 이제는 불가능해요. 당신은 나를 내버려두면 안 돼요. 난 당신 없이는 살 수 없어요. 당신은 여기 머물러야 해요. 난 혼자예요, 그래서 너무나 외롭다고요. 난 그걸 견딜 수가 없어요."

나는 깜짝 놀란 채 나 자신의 목소리를 들었다. 그건 경박하고 어린, 애원하는 목소리였다. 나는 뤽이 나에게 말할 수 있는 것들을 속으로 생각했다. '자, 자, 지나갈 거야. 진정해.' 그러나 나는 계속해서 이야기했고, 뤽은 계속 침묵하고 있었다.

마침내, 말들의 파도를 멈추게 하려는 듯, 그가 두 손으로 내 머리를 붙잡고 내 입에 부드럽게 키스했다.

"내 가여운 아기, 내 가엾고 착한 아기."

그가 말했다.

그의 목소리가 갈라져 나왔다. 그와 동시에 나는 생각했다. '때가 됐구나.' 그리고 또 생각했다. '난 정말로 동정받을 만해.' 나는 그의 양복 상의에 대고 울기 시작했다. 시간이 흘러갔다. 그가 진이 완전히 빠져버린 나를 집에 데려다주려 했고, 나는 되는 대로 나를 내맡기려 했다. 하지만 그러고 나면 그는 더 이상 내 옆에 없을 터였다. 나는 저항의 몸짓을 했다.

"싫어요, 싫어."

나는 그에게 매달렸다. 나는 내가 그가 되어 사라져버렸으면 하고 바랐다.

그가 말했다.

"전화할게. 떠나기 전에 다시 볼 수 있을 거야…… 날 용서해,

도미니크. 날 용서해. 너와 함께해서 무척 행복했어. 알겠지만, 이 일은 지나갈 거야. 모든 것은 지나가. 내가 무엇이든 해줄 게……."

그가 무력한 몸짓을 했다.

"나를 사랑하기 위해서요?"

내가 물었다.

"그래."

그의 뺨은 감미로웠고, 내 눈물 때문에 따뜻했다. 나는 한 달 동안 그를 보지 못할 것이고, 그는 나를 사랑하지 않았다. 그것은 기묘한 절망감이었다. 사람을 쫓아내는 기묘함. 그가 나를 집에 데려다주었다. 나는 더는 울지 않았다. 나는 완전히 엉망진창이었다. 그는 다음 날 그리고 그 다음다음 날 나에게 전화를 했다. 그가 출발하는 날 나는 유행성 감기에 걸렸다. 그가 나를 보러 잠깐 들렀다. 마침 그 자리에 있던 알랭이 밖으로 나갔고, 뤽은 내 뺨에 키스했다. 그는 내게 편지를 쓰겠다고 했다.

5

때때로 나는 한밤중에 바싹 마른 입으로 잠에서 깨어났다. 그리고 완전히 잠에서 깨어나기도 전에 뭔가가 나에게 다시 잠들라고, 내 유일한 휴식 속에 잠기듯이 따뜻함 속에, 무의식 속에 다시 잠기라고 속삭였다. 하지만 벌써 나는 중얼거리고 있었다. "이건 갈증일 뿐이야. 일어나서 세면대로 걸어가 물을 마시고 다시 잠을 청하면 돼." 하지만 내가 몸을 일으켰을 때, 흐릿한 가로등 불빛 속에서 거울에 나 자신의 모습을 비춰보았을 때, 그리고 미지근한 물이 내 목구멍 속으로 흘러내려갔을 때, 절망감이 나를 사로잡았다. 덜덜 떨면서 다시 침대에 눕자 육체의 고통이 실제로 느껴졌다. 팔에 머리를 묻은 채 배를 깔고 엎드려, 나는 내 몸을 침대에 짓눌렀다. 뤽에 대한 내 사랑이 온기가 남아 있는 치명적인 맹수라도 되는 것처럼, 그렇게 격분함으로써 내 피부와 침대 시트 사이에 그것을 으깨어 부숴버릴 수 있기라도 한 것처럼. 그리고 전투가 시작되고 있었다. 내 기억력, 내 상상력은 사나운 두 적이 되어가고 있었다. 뤽의 얼굴 그리고 칸이 있었다. 그것들의 과거의 모습으로, 그리고 앞으로 그렇게 될 수 있는 모습으로. 그리고 졸려하는 내 몸과 저하되는 내 지성으로 표출되는 끊임없는 저항이 있었다. 나는 우뚝 일어서서 생각을 정리해보았다. '나는 나야, 도미니크. 나는 나를 사랑하지 않는 뤽을 사랑해. 나눠 가지지 못하는, 슬프고 불가피한 사랑. 끊어버려.' 나는 확실하게 끊어버릴 방법들을 상상했다. 뤽에게 다 끝났다고 설명하는 우아하고 고상한 편지를 보내는 것을 상상했다. 그러나 그 편지는 그 우아함과 고상함이 나를 뤽에게 다시 데려다준다는 전제 하에서만 내 흥미를 끌 뿐이었다. 나는 그런 잔인한 방법으로 그와 헤어진다는 것을 진작 생각해내지 못했다. 나는 그것을 오히려 화해의 수단으로 상상했던 것이다.

양식 있는 사람들이 말하듯, 반항하는 것으로 충분했다. 그러나 누구를 위해 반항한다는 거지? 나는 다른 누구에게도 관심이 없었다. 심지어 나 자신에게조차도. 뤽과 연관된 나 자신에게만 관심이 있었다.

카트린, 알랭, 거리들. 어느 친구 집을 불쑥 찾아가 벌인 작은 파티에서 나에게 키스를 한 그 남자아이. 나는 그것들을 다시 보고 싶지 않았다. 비, 소르본, 카페들, 미국 지도. 나는 미국을 증오했다. 권태, 그것은 결코 끝나지 않을 것인가? 뤽이 떠난 지 한 달이 넘었다. 그는 나에게 다정하고 슬픈 말들을 적은 짧은 편지를 보내왔고, 나는 그 말들을 외우고 있었다.

나에게 힘을 주는 것, 그것은 내 지성이었다. 그럴 정도로 나는 이 열정에 대항하고, 그것을 조롱하고, 나 자신을 야유하고, 나 자신과 힘든 대화들을 시도하고 있었던 것이다. 내 지성은 그렇게 조금씩 내 친구가 되어갔다. 나는 더 이상 "이런 농담은 그만두자."고 중얼거리지 않았다. 오히려 이렇게 중얼거렸다. "어떻게 하면 이 출혈을 멈출 수 있을까?" 슬픔으로 엉겨붙은 밤들은 한결같고 무미건조했다. 그러나 독서에 열중하다 보면 낮들은 때때로 빠르게 지나가기도 했다. 나는 어떤 문제에 대해 숙고하는 것처럼 '나와 뤽'에 대해 숙고했다. 그러나 그 숙고는 견딜 수 없는 순간, 내 안에서 뭔가가 아래로 툭 내려앉는 듯한 느낌을 받으며 보도 위에 멈춰 서는 순간을 막지는 못했다. 그 뭔가는 나를 혐오감과 분노로 가득 채웠다. 나는 카페에 들어가 전축에 20프랑을 넣고, 칸에서 들었던 곡을 들으며 우울한 오 분을 보냈다. 알랭은 마침내 그 곡에 질색을 하게 되었다. 하지만 나는 그 곡의 음표 하나하나를 알고 있었고, 미모사 향기를 떠올렸다. 돈을 내면 그것들을 가질 수가 있었다. 나는 나를 사랑하지 않았다.

"이봐, 친구. 됐어. 그만 해."

참을성 많은 알랭이 말했다.

나는 누군가가 나를 '친구'라고 부르는 걸 무척 싫어했다. 그러나 이번에는 그 말이 내게 힘을 북돋워주었다.

내가 알랭에게 말했다.

"넌 친절하구나."

"그게 아니야, 나는 열정에 관해 논문을 쓸 거야. 내가 관심 있어하는 주제거든."

그가 말했다.

하지만 그 음악이 나를 설득시키고 있었다. 그것은 내게 뭐이 필요하다고 나를 설득시켰다. 나는 이 필요가 내 사랑과 연결된 것인 동시에 그것과 분리된 것임을 잘 알고 있었다. 나는 인간적인 존재인, 내 공범이자 내 열정의 대상인, 그리고 내 적인 그에게서 떨어져나올 수도 있었다. 최악의 것은 바로 이것이었다.

사람들이 자신을 뜨뜻미지근하게 대하는 사람에게 대개 그렇게 하듯 그를 과소평가할 수가 없다는 것. 속으로 이렇게 생각할 때도 있었다. '가여운 뤽, 나 때문에 그가 얼마나 피곤할까. 얼마나 괴로울까!' 그리고 나는 경쾌하게 넘길 줄 모르는 나 자신을 경멸했다. 그것이 나로 하여금 분노에 의해 그에게 집착하게 만들었기 때문에. 그러나 나는 그가 이 분노를 알지 못함을 잘 알고 있었다. 그는 내 적수가 아니었다. 뤽일 뿐이었다. 나는 그에게서 헤어나오지 못하고 있었다.

어느 날 두 시에 내가 방에서 나와 강의를 들으러 가려고 하는데, 하숙집 주인 아주머니가 내게 전화기를 건네주었다. 뤽이 떠나고 없었기 때문에, 전화기를 받아들 때 가슴이 두근거리지는 않았다. 나는 전화기 너머에서 들려오는 망설이는 낮은 목소리가 프랑수아즈의 목소리임을 즉시 알아차렸다.

"도미니크?"

"네."

내가 말했다.

모든 것이 계단에서 미동도 하지 않았다.

"도미니크, 진작 당신에게 전화하고 싶었어요. 언제든 나를 만나러 와줄 수 있겠어요?"

"물론이죠."

내가 말했다. 목소리에 너무 신경을 썼기 때문에, 사교적인 억양으로 들렸을 것 같았다.

"오늘 저녁 여섯 시 어때요?"

"좋아요, 갈게요."

그리고 그녀는 전화를 끊었다.

나는 그녀의 목소리를 들은 것이 당황스럽기도 하고 기쁘기도 했다. 그것이 그 주말, 자동차, 식당에서의 점심 식사들, 그 분위기를 일깨워주었기 때문이다.

6

 나는 강의에 가지 않았다. 그녀가 나에게 무슨 말을 할 수 있을지 궁금해하면서 거리를 걸었다. 사람들이 대개 그렇게 느끼듯이, 누구든 나를 원망하는 사람이 있다는 것이 너무나 괴롭게 느껴졌다. 여섯 시에 비가 조금 내렸다. 길들은 불빛 아래에서 바다표범의 등가죽처럼 축축하고 번들거렸다. 건물 로비로 들어가면서 나는 거울 속에 비친 내 모습을 살펴보았다. 나는 많이 야위어 있었다. 나는 내가 심각한 병이 들어버리기를, 그래서 뤽이 죽어가는 내 머리맡에 와서 오열을 터뜨리기를 바랐다. 내 머리카락이 젖어 있었고, 표정은 뭔가에 쫓기는 듯했다. 나는 프랑수아즈에게 그녀가 가진 한결같은 선의를 불러일으킬 작정이었다. 나는 잠시 동안 그렇게 내 모습을 바라보며 서 있었다. 어쩌면 나는 상황을 '조종할' 수도 있었을 것이다. 프랑수아즈가 나를 진심으로 믿게 만들어놓은 뒤, 뤽과 함께 그녀를 속이고 얼버

무리며 넘어갈 수도 있었을 것이다. 하지만 무슨 이유로, 어떻게 그럴 수 있었겠는가? 절대적이고 무장해제된, 전적인 감정이 존재하는 마당에. 나는 내 사랑에 무척 놀라고 감탄했다. 나는 잊고 있었다. 그것이 아무런 의미가 없다는 것을, 그렇지 않다 해도 나에게 고통만 안겨줄 뿐이라는 것을.

프랑수아즈가 조금 불안스러운 표정으로 어색한 미소를 띠며 내게 문을 열어주었다. 나는 안으로 들어가면서 레인코트를 벗었다.

"잘 지내세요?"

내가 물었다.

"잘 지내. 앉아. 음…… 앉아요."

그녀가 말했다.

나는 그녀가 나에게 말을 놓았던 사실을 잊고 있었다. 나는 자리에 앉았고, 그녀는 내 측은한 몰골을 보고는 눈에 띌 정도로 놀라면서 나를 살펴보았다. 그러자 나 자신이 불쌍하게 느껴졌다.

"뭐 좀 마실래요?"

"네, 주세요."

그녀는 나에게 위스키 한 잔을 가져다주었다. 나는 위스키의 맛을 잊고 있었다. 이것도 있었지. 내 슬픈 방, 대학의 식당들. 그런데도 그들이 나에게 사준 다갈색 외투는 내게 큰 쓸모가 있었다. 나는 긴장되고 절망적인 기분이 들었지만, 흥분한 탓인지 한편으로는 거의 자신감을 느끼기까지 했다.

"그렇게 되었어요."

내가 말했다.

나는 눈을 들어 그녀를 바라보았다. 그녀는 내 맞은편의 긴 의자에 앉아 있었다. 그녀는 한마디 말도 없이 나를 뚫어져라 응시했다. 우리는 아직은 다른 것에 대해 이야기할 수 있었다. 그녀와 헤어지면서 난처한 표정으로 이렇게 말할 수도 있었다. "당신이 날 너무 원망하진 말았으면 좋겠어요." 그건 나에게 달린 일이었다. 말하는 것으로 충분했다. 빨리. 이 침묵이 이중의 고백이 되어버리기 전에. 하지만 나는 침묵을 지켰다. 나는 하나의 순간 속에 있었고, 하나의 순간을 살고 있었다.

마침내 그녀가 입을 열었다.

"당신에게 진작 전화하고 싶었어요. 뤽이 나에게 그러라고 했거든요. 당신이 파리에 혼자 있다는 것이 걱정되기도 했고요. 결국……"

"내 쪽에서도 당신에게 전화를 걸어야 했죠."

내가 말했다.

"왜요?"

나는 이렇게 말하려고 했다. '사과하기 위해서요.' 그러나 내 겐 그 말이 좀 약하게 느껴졌다. 나는 진실을 말하기 시작했다.

"그러고 싶었으니까요. 실제로 내가 혼자였으니까요. 그리고 당신이 머릿속으로 생각했을 것들을 생각하면 내 마음이 괴로 웠으니까요……."

나는 모호한 몸짓을 했다.

"당신 안색이 나쁘네요."

그녀가 상냥하게 말했다.

"그래요, 할 수만 있었다면 난 당신을 만나러 왔을 거예요. 당 신은 나에게 비프스테이크를 대접했겠죠. 난 당신의 양탄자 위 에 길게 누웠을 거고, 당신은 나를 위로했을 거예요. 운 나쁘게 도, 당신만이 그럴 줄 아는 그리고 그럴 수 없는 유일한 사람이 었어요."

내가 화가 나서 말했다.

나는 몸을 떨었다. 위스키 잔이 내 손 안에서 흔들렸다. 프랑수아즈의 눈길을 견디기가 점점 힘들어졌다.

"그건…… 그건 역겨운 일이었어요."

내가 사과하기 위해 말했다.

그녀가 나를 붙잡고 내 손에서 위스키 잔을 빼내어 테이블 위에 올려놓고는, 다시 자리에 앉았다.

그녀가 낮은 목소리로 말했다.

"나는, 나는 질투하고 있었어요. 난 육체적으로 질투했어요."

나는 그녀를 바라보았다. 나는 모든 것을 예상하고 있었다. 이 말만 빼고.

"어리석은 짓이었죠. 당신과 뤽이 심각하지 않다는 것을 난 잘 알고 있었으니까요."

그녀가 말했다.

내 표정을 보더니, 그녀가 즉시 사과의 몸짓을 했다. 그것은 존경할 만한 일로 보였다.

"그러니까 내가 말하고 싶은 건, 육체적 부정(不貞)이란 정말로 심각한 것은 아니라는 거예요. 하지만 난 언제나 그 모양이었죠. 그리고 특히 이번엔…… 이번에는……."

그녀는 고통스러워 보였다. 나는 그녀가 하려는 말이 두려워졌다.

"이제 난 젊지 않아요. 별로 매력이 없어요."

그녀가 말을 하고는 고개를 돌렸다.

"아니에요."

내가 말했다.

나는 이 이야기에 다른 측면이, 내가 모르는 비참한, 아니, 비참하지조차 못한, 일상적이고, 슬픈 측면이 있을 수 있다는 것을 미처 생각하지 못했다. 나는 이 이야기가 내 소관이라고 생각했었다. 그러나 나는 그들의 삶에 대해서는 아무것도 모르고 있었다.

"그건 그런 게 아니었어요."

내가 말했다. 그리고 자리에서 일어섰다.

나는 그녀 쪽으로 다가가다가 선 채로 가만히 있었다. 그녀가 내 쪽으로 몸을 돌리더니 나에게 조금 웃어 보였다.

"가여운 도미니크, 이 얼마나 엉망진창인지!"

나는 그녀 옆에 앉아 두 손으로 내 머리를 감싸쥐었다. 귀에서 윙윙 소리가 났다. 내가 텅 비어버린 것만 같았다. 나는 울고 싶었다.

그녀가 말했다.

"난 당신을 좋아해요. 무척요. 나는 당신이 불행했다고 생각하기 싫어요. 내가 당신을 처음 봤을 때, 나는 우리가 당신을 행복한 표정으로 만들어줄 수 있을 거라 생각했어요. 당신이 하고 있던 조금 풀 죽은 그 표정 대신에요. 하지만 별로 성공적이진 못했죠."

내가 말했다.

"불행요, 조금 그랬죠. 하기야 뤽이 내게 예고한 바예요."

나는 그녀에게, 관대한 그 커다란 몸에 기대어 무너지고 싶었다. 그녀에게 그녀가 내 어머니였으면 좋겠다고, 나는 무척 불행하다고 말하고 싶었다. 거짓 울음을 울고 싶었다. 하지만 나는 그런 연극조차 할 수가 없었다.

"열흘 뒤면 그이가 돌아와요."

그녀가 말했다.

이 끈덕진 마음속의 동요는 무엇일까? 프랑수아즈는 뤽과 그녀의 반쪽의 행복을 되찾을 필요가 있었고, 나는 스스로를 희생할 필요가 있었다. 이 생각이 나를 미소 짓게 했다. 그것은 내 보잘것없음을 숨기기 위한 마지막 노력이었다. 하지만 나에겐 희생할 것이 아무것도 없었고, 아무런 희망도 없었다. 나는 병에서 회복되기만 하면 되었다. 혹은 시간이 병을 회복시키도록 내버려두거나. 이 쓰라린 체념이 나를 낙천적인 기분으로 만들어주었다.

내가 말했다.

"나중에, 내가 이 일에서 완전히 벗어났을 때 당신을 다시 만날게요, 프랑수아즈. 뤽도요. 지금은 난 기다릴 수밖에 없어요."

문 앞에서 그녀가 나를 부드럽게 포옹했다. 그리고 나에게 말했다. "곧 봐요."

그러나 내 방으로 돌아오자마자 침대 위에 쓰러졌다. 그녀에게 내가 무슨 말을 한 거지? 그 무슨 냉정하고 바보 같은 소리를 지껄인 거지? 뤽은 돌아올 것이다. 그는 나를 품에 안고, 내게 키스할 것이다. 그가 나를 사랑하지 않는다 해도, 그는, 뤽은 그 자리에 있을 것이다. 이 악몽은 끝날 것이다.

열흘 후에 뤽이 돌아왔다. 나는 그것을 알았다. 그가 도착하는 날 버스를 타고 그의 집 앞을 지나가다가 그의 자동차를 보았기 때문이다. 나는 하숙집으로 돌아와 그의 전화를 기다렸다. 하지만 그의 전화는 오지 않았다. 그날도, 그 다음 날도. 그날 나는 그의 전화를 기다리기 위해 유행성 감기에 걸렸다는 핑계를 대고 침대에 누워 있었다.

그는 여기에 있었다. 그런데도 나에게 전화하지 않았다. 한 달 반 동안이나 자리를 비웠으면서도. 절망, 그것은 떨림이었고, 속으로 웃는 절반의 웃음이었고, 끈질기게 따라다니는 무력감이었다. 지금껏 이렇게 고통스러운 적은 없었다. 나는 속으로 생각했다. 이것이 감정의 마지막 폭발이라고. 하지만 그것은 혹독했다.

사흘째 되는 날, 나는 자리에서 일어났다. 나는 강의를 들으러 갔다. 알랭이 다시 나와 함께 걷기 시작했다. 나는 그가 나에게 하는 말을 주의 깊게 들었고, 웃기도 했다. 이유는 알 수 없었지만 한 문장이 끈질기게 나를 따라다녔다. "덴마크 왕국에는 타락한 어떤 것이 있다." 내 입술 위에 이 말이 끊임없이 맴돌았다.

보름째 되는 날 나는 뜰에서 들려오는 음악소리를 들으며 잠에서 깨어났다. 이웃집 남자의 질 좋은 라디오에서 흘러나오는 소리였다. 모차르트의 아름다운 안단테였다. 언제나 그렇듯이 새벽을, 죽음을, 어떤 미소를 환기시키는. 나는 침대 위에 꼼짝 않고 누워 오랫동안 그 음악을 듣고 있었다. 나는 퍽 행복했다.

하숙집 주인 아주머니가 나를 불렀다. 나를 찾는 전화가 왔다는 것이었다. 나는 서두르지 않고 실내복을 입은 뒤 아래층으로 내려갔다. 전화를 한 사람이 뤽이라는, 그리고 그 사실이 이젠 그리 중요하지 않다는 생각이 들었다. 뭔가가 내게서 사라져버린 것이다.

"잘 지내?"

나는 그의 목소리를 들었다. 그의 목소리였다. 그 고요함, 그 부드러움이 생기 있고 본질적인 어떤 것이 흘러들듯이 내게로 스며들었다. 그가 다음 날 함께 한잔하겠냐고 물었다. 나는 말했다. "네, 그러죠."

나는 아주 주의하며 내 방으로 다시 올라갔다. 음악은 끝나 있었고, 나는 음악의 끝부분을 놓친 것이 안타까웠다. 나는 거울을 들여다보고는 놀랐다. 미소 짓는 내가 보였던 것이다. 미소 짓는 나 자신을 막을 수 없었다. 그럴 수가 없었다. 나는 알고 있었다. 내가 혼자라는 것. 나는 나 자신에게 그 말을 해주고 싶었다. 혼자, 혼자라고. 그러나 결국 그게 어떻단 말인가? 나는 한 남자를 사랑했던 여자이다. 그것은 단순한 이야기였다. 얼굴을 찌푸릴 이유가 없는 것이다.

작품 해설

프랑스의 감수성 사강을 이해하기 위해……

　여기 한 작가가 있다. 프랑수아즈 사강. 비평가들은 작품 속에 사강의 코드가 얼마나 기이하게 배치되는지 잘 알지 못한다. 모든 문학에 공통되는 이론과 기법은 애초에 배제되어 있다. 사강은 이런 말을 한 적이 있다. "나는 한 번도 내 작품들을 통해 평가받지 못했어요. 사강이라는 사람으로 평가받았죠. 시간이 흐르자 작품을 통해 평가받게 됐어요. 그리고 나는 그것에 익숙해졌죠." 이런 경우는 아마도 현대문학계에서 매우 특이한 일일 것이다. '작가'를 너무나 좋아한 나머지 그의 작품은 상대적으로 덜 조명받은 것이다. '매혹적인 악마'(프랑스 소설가 프랑수아 모리악이 사강을 이렇게 평했다.—옮긴이)가 된 이후 사강은 미묘한 감정을 경험했다. 그녀는 이렇게 말했다.

　"나는 하나의 물건, 하나의 사물이 되었어요. 사강 현상, 사강 신화. 하지만 부끄러웠어요. 나는 유명인이라는 틀 속에 갇힌 죄수였죠. 나는 알코올에 빠졌고, 사소하고 음울한 육체관계에 탐닉했고, 영어 표현들을 더듬거렸고, 그럴듯한 경구들을 내뱉었고, 실험실의 닭처럼 뇌를 박탈당했어요."

- 『대답들』 중에서

사람들은 돈을 벌기 위해, 성공하기 위해 '유명인사'가 되려고 하고 '신화'가 되려고 한다. 하지만 사강은 자신이 해야 할 일을 단순화하기에는, 소리 없이 얌전히 지내기에는 너무나 자유분방했다. 담배를 피우고 위스키를 마시며 재즈를 즐기는 사강에게 생 트로페, 도빌, 아스통 마르탱 등은 그녀의 즐거운 놀이터였다. 사강은 니미에, 위그냉, 카뮈(모두 자동차의 스피드를 즐기던 문인들—옮긴이)와 친분을 맺었고, 그들에 대해 이렇게 기록했다. "콘솔박스 속에 영혼을 반환한 혹은 반환할 뻔한 작가들."

그녀의 이러한 행보는 호사가들의 욕구를 충족시키고도 남았다.

그녀에 대한 일화를 열거하자면 한도 끝도 없을 것이다. 하지만 모리악의 발언에 주목하자. 만약 우리가 어떤 희생을 무릅쓰

고라도 사강을 이해하고 싶다면 적어도 모리악의 관점에 대해 알 필요가 있다. 모리악은 프랑수아즈 사강에게서 "지나칠 정도로 재능을 타고난 소녀" 외의 다른 면을 보았다. 모리악은 그녀가 가진 "악(惡)을 분별해내는 능력"을 이야기한다. 그것은 『슬픔이여 안녕』에 잘 나타나 있다.

*

모리악은 사강의 첫 소설, "프랑스인의 정신적 삶을 증언하는 작품" 『슬픔이여 안녕』을 수상작으로 결정한 것에 대해 프랑스 문학비평상 심사위원들을 비난한 바 있다. 또한 사람들은 젊은 프랑수아즈가 '심오함이 부족하다'는 이유로 비난받았다고 말한다. 혹평을 많이 듣는 것은 젊은 작가에게는 오히려 좋은 징조다. 그런 과정을 겪고 얻어진 '정신성'은 정치성보다 훨씬 더 큰 힘을 가지며, 문학성을 추구하는 데 더욱 무거운 짐이 된다. 프랑수아즈 사강은 "비극은 어떤 면에서 인생과 닮았을까?"라는 주제로 대학입학자격시험을 치러 20점 만점에 17점을 맞았다. 그녀는 충분히 심오한 깊이를 가지고 있었다.

그녀는 글을 쓰는 사람이었지만, 사실 그녀에게 문학보다 더 낯선 것은 없었을 것이다. 그녀는 『어떤 미소』에서 도미니크의 입을 통해 '얼굴 찌푸림'이라는 표현을 사용했다

"그것은 단순한 이야기였다. 얼굴을 찌푸릴 이유가 없는 것이다."

얼굴을 찌푸리지 않는 것은 평소 사강의 생활 방식이기도 했다. 사르트르는 한 술 더 떠 그녀에 대해 다음과 같이 말했다. "당신은 친절하오. 오직 지성적인 사람들만 친절하지."

지성은 아무것에도 속지 않는 것이다. 특히 말에 속지 않는 것이다. 지성은 또한 불운한 동료에게 훈계를 늘어놓지 않는 것이다. 그들 역시 어쩔 수 없이 그렇게 된 것이니 말이다. 지성은 또한 도덕이나 교훈을 기분전환 거리로 삼지 않는 것이다. 그런 것은 꿈속에나 존재한다. 프랑수아즈 사강은 두 눈을 크게 뜨고 세상을 바라본다.

비극은 어떤 면에서 인생과 닮았을까? 그녀는 인생에 대한 사탕발림 같은 환상을 벗어버리고 용기와 단순함을 추구한다. 삶은 우리를 위해 만들어진 것이 아니다. 삶은 우연히 혹은 부주의

에 의해 만들어졌을 것이다. 적대적이고 음험한 무언가가 우리의 모든 이론들에 대한 그리고 우리 자신에 대한 이유를 최종적으로 제시해줄 것이다.

"우리 모두 무슨 짓을 한 거죠?…… 대체 무슨 일이 일어난 거죠? 이 모든 것에 무슨 의미가 있죠?" 조제가 상냥하게 대답했다. "그런 식으로 생각하면 안 돼요. 그러면 미쳐버리게 돼요."
— 『한 달 후, 일 년 후』 중에서

그러므로 우리는 '습관에 의해' 행복할 것이고 예의바를 것이다. 왜냐하면 살아간다는 것의 행복은 "죽는다는 것에 대한 막연한 희망"과 이웃이기 때문이다. 우리는 모두 "사물의 무지막지함"과 모든 것의 밑바닥에 도사리고 있는 권태를 좌절시킬 만큼 충분히 강하다. 그러므로 자기 자신만을 바라보아야 한다. 만약 삶이 『어떤 미소』의 도미니크가 느끼는 것처럼 "긴 속임수"라면, 그 속임수는 너무나 고독한 나머지 길을 잃어버렸을 것이다. 하지만 그 속임수는 순진한 사람들과 계속해서 게임을 할 것이다. 순진한 사람들은 규칙에 따라 게임에 임하면 이길 거라고 생각한다. 그러나 이보다 더 불행한 일이, 이보다 더 자연에 반하는 일이 어디 있겠는가? "그런 식으로 생각하면" 우리는 모두 기분전환 거리 없는 고독한 왕이 아니겠는가? 샤갈은 마치 자기 자신에 대해 이야기하듯 "가장 위대한 운명이 약속되어 있는" 젊은 금발 청년에 대해 이야기한다(『영혼의 상처』 중에서). 시간은 흘러가고 우리를 끌고 간다. 하지만 그러면 "미쳐버리게 된다." 이런 식으로 생각할 수도 있는 것이다.

작가의 성실함은 형이상학의 힘으로 독자들을 지나치게 겁주지 않는 데 있는 것이 아닐까…….

필리프 바르틀레

* 필리프 바르틀레 – 프랑스의 작가 · 저널리스트. 『앵무새 교살자』,『바다뱀에게 책 읽어주기』, 『프랑스 찬가』,『바랄립통』 등의 저서가 있으며 아카데미 프랑세즈 문학상, 콩쿠르 상을 수상했다.

역자 후기

사랑이 끝난 후에 짓는 미소

독자들이 아는 바와 같이 프랑수아즈 사강은 1954년 19세 어린 나이에 『슬픔이여 안녕』이라는 소설로 전 세계 독자들의 주목과 사랑을 받으며 화려하게 데뷔했다. 이 데뷔작이 워낙 큰 반향을 불러일으킨 탓에 독자와 평론가 들은 그녀의 다음 작품을 주시할 수밖에 없었고, 사강 역시 정신적 압박을 느꼈던지 차기작을 이 년 동안이나 공 들여 구상했다. 그렇게 하여 발표된 작품이 바로 『어떤 미소』이다. 다행히 이 작품 역시 데뷔작만큼이나 큰 사랑을 받았고, 몇몇 평론가는 『슬픔이여 안녕』보다 더 훌륭하게 평가했다. 이 년 뒤인 1958년 장 네귈레스코 감독에 의해 영화화되기도 했다.

스무 살의 이지적인 여대생 도미니크. 그녀는 법학을 전공하며, 베르트랑이라는 남자친구가 있다. 베르트랑이 그의 외삼촌 뤽을 만나는 자리에 도미니크도 우연히 합석하면서 그녀에게 또 다른 사랑이 찾아온다. 도미니크는 뤽과 그의 아내 프랑수아즈가 살고 있는 집에 베르트랑과 함께 점심 식사 초대를 받는다. 도미니크는 우아하면서 따뜻하고 사려 깊은 프랑수아즈에게도 호감을 느끼고, 프랑수아즈 역시 도미니크에게 특별한 친절을 베푼다. 네 남녀는 베르트랑의 어머니가 사는 시골집에 다 함께 초대받아 가고, 그곳에서 도미니크는 뤽과 첫 키스를 나눈다.

자유로운 기질의 소유자이고, 많은 경험을 통해 여자와 사랑에 대해 잘 알고 있는 뤽은 도미니크에 대한 열정을 대범하게 표현하고, 도미니크 역시 뤽의 매력을 외면하지 못한다. 두 사람은 베르트랑의 눈을 피해 만남을 갖기 시작한다. 도미니크와 뤽은 둘 다 사랑의 신호에 민감하게 반응하지만, 그렇다고 주체하지 못할 정도로 사랑의 감정에 빠져들지는 않는, 열정적이면서도 냉소적인 성격의 소유자들이다. 사랑에 빠진 젊은 여자들이 대개 그러하듯, 도미니크는 뤽의 사랑을 열렬히 갈구하기도 하고, 소극적인 태도와 절망적인 기분에 휩싸이기도 한다. 때로는 자신의 욕망 자체를 부인하고 프랑수아즈에 대한 죄책감을 갖기도 한다.

여름방학을 맞아 도미니크는 뤽에게서 둘만의 여행을 떠나자는 제안을 받는다. 도미니크는 남자친구 베르트랑이 그 사실을 알게 돼도 상관없다는 심정으로 뤽과의 밀월여행을 결심한다.

  두 사람은 칸의 한 호텔에서 일주일을 함께 보낸다. 뤽은 그녀가 함께 있다는 것에 대해 변함없이 만족스러운 표정을 짓기는 하지만, 산전수전 다 겪은 남자로서 도미니크와의 사랑에 대해 적당히 냉소적인 태도를 취하고, 도미니크는 "일 년 혹은 이 년 뒤에 내 삶의 일주일이, 한 남자와 함께했던 생생한 일주일이 고작 레코드판 하나에 담겨버린다고 생각하니 조금 우습네요. 더구나 그 남자가 벌써 그 사실을 알고 그것을 입 밖에 내어 말한다니 말이에요."라고 말하며 서운함을 토로한다.

  두 사람은 일주일 더 함께 시간을 보낸 뒤 일상으로 복귀한다. 그러나 뤽에게서 연락이 뜸해지고 도미니크는 그와의 관계가 끝날 거라는 예감을 느낀다. 한편 베르트랑이 도미니크와 뤽의 밀월여행에 대해 알게 되고, 도미니크는 베르트랑과 이별한다. 프랑수아즈 역시 그들의 관계를 알게 되고, 도미니크는 자신이 "결혼한 남자의 즐거운 공모자가 될 만큼 성숙하지 못했다는 것"을 깨닫는다. 뤽 역시 아내에게 더 큰 상처를 주기 싫어하고, 도미니크에게는 알랭이라는 새로운 남자친구가 생긴다. 뤽은 한 달 예정으로 미국 여행을 떠나면서 자신이 돌아올 때쯤이면 도미니크가 자신을 잊었을 거라는 말로 이별의 뜻을 전한다. 뤽이 없는 사이 도미니크는 프랑수아즈를 찾아간다. 프랑수아즈는 자신이 도미니크를 육체적으로 질투하고 있었다고, 자신은 이제 더 이상 젊지 않다고 말한다. 뤽과의 사랑이 자신만의 문제라고 생각했던 도미니크는 자신이 프랑수아즈의 입장과 그들 부부의 삶에 대해 아무것도 모르고 있었음을 깨닫고, 마음이 완전히 정리되면 그녀와 뤽을 다시 만나겠다고 말한다.

어느 날 도미니크는 뜰에서 들려오는 모차르트의 아름다운 안단테를 들으며 잠에서 깨어난다. 언제나 그렇듯 그 음악은 새벽을, 죽음을, 어떤 미소를 환기시킨다. 그리고 뤽에게서 전화가 온다. 두 사람은 간단한 안부 인사를 나눈 후, 다음 날 만나 한잔 하기로 약속한다. 방으로 돌아온 도미니크는 거울을 통해 미소 짓는 자신의 모습을 발견한다. 도미니크는 속으로 생각한다. "그게 어떻단 말인가? 나는 한 남자를 사랑했던 여자이다. 그것은 단순한 이야기였다. 얼굴을 찌푸릴 이유가 없는 것이다."

이 작품은 한마디로 요약하자면 매력적인 유부남과의 이루어질 수 없는 사랑을 겪은 후 성숙한 여인이 되는 젊은 아가씨의 이야기이다. 그러나 이런 간단한 요약으로는 다 설명할 수 없는, 사랑에 빠진 젊은 여인의 복잡한 내면이 사강 특유의 비유와 문체로 손에 잡힐 듯 생생하게 묘사되어 있다. 제2차 세계대전 이후 젊은이들이 갖게 된 변화된 가치관과 새로운 시대 분위기를 세련되게 묘사하여 동시대 젊은이들에게 큰 반향을 불러일으켰다는 점에서도 의의가 있다. 여주인공 도미니크는 힘든 사랑을 겪은 후 한 단계 성숙한다. 마지막 장면에서 거울 속 자신에게 짓는 그녀의 미소는 성숙한 자아를 향한 미소가 아닐까? 혹은 앞으로 닥쳐올 또 다른 사랑과 인생에 대한 호기심을 담은 미소일지도 모르겠다.

2007년 겨울
최 정 수